구름카페문고·27

세상에서 가장 무거운 옷

문학관books

세상에서 가장 무거운 옷

•

인쇄일·2021. 11. 25.
발행일·2021. 12. 1.
지은이·이혜숙
펴낸이·이형식
펴낸곳 | 도서출판 문학관

등록일자 | 1988. 1. 11
등록번호 | 제10-184호
주소 | 04089 서울시 마포구 독막로 28길 34
전화 | (02)718-6810, (02)717-0840
팩스 | (02)706-2225
E-mail | mhkbook@hanmail.net

copyright ⓒ 이혜숙 2021
copyright ⓒ munhakkwan. Inc, 2021 Printed in Korea

책값·10,000원

ISBN 978-89-7077-634-7   03810

구름카페문학상 수상자

나는 태생적으로 겁보다.

세상에 나오기 두려워서 엄마 뱃속에서 미적거렸고, 한 걸음 떼기가 두려워서 돌 지나고도 한동안 일어서질 않았다. 겨울비 오는 새벽에 산모의 오랜 진통을 보다 못한 할머니가 밭으로 뛰어가 아주까리 대를 꺾어 거꾸로 세운 후에야(아주까리기름을 타고 미끄러져 나오라는 민간요법이었던 듯) 세상에 나왔다고 한다. 걸음마는 아버지가 사다 준 꽃신을 신을 욕심에 시작했다고…. 기억이 닿지 않는 이야기지만, 어쩐지 나라면 그랬을 것 같다. 자궁 속에 웅크리고 있던 태아의 심정도 방바닥에서 기어다니던 아기의 심정도 그대로 전해진다. 그게 나니까.

겁 많고 늦된 내가 일찍 눈 뜬 게 예술의 세계라고 하면 너무 반전인가? 그것도 문학과 미술을 동시에 접한 것이 초등학교 1학년 때였다면 비약이 심하다고 할까?

도서관과 미술전시장을 겸한 만화방. 아이의 눈을 번쩍 뜨게 한 신세계가 그곳이었다. 배경이 있는 이야기. 주인공에 몰입하다 보면 내가 교실에서는 힘없고 보이지 않는 존재라는 것을 잊었다. 불끈 용감해졌고, 정의감에 사로잡혔다. 만화책에 코를 박고 있는 동안 주인공이 나였다.

'고작'이니 '겨우', 혹은 '비록'이니 하는 부사는 만화책 앞에 쓸 표현이 아니다. 그 덕에 진선미의 가치를 알게 되었고, 그 중에서도 아름다움을 열망하게 된 동기가 되었으니 말이다.

돌아보면 글을 쓰면서 얻은 게 참 많다.

자연의 경이로움, 생명의 신비, 누구나 자기 생의 주인공인 다양한 이야기를 발견할 때의 기쁨을 누렸다. 무엇보다 놀라운 일은 내가 쓴 글에 예지력이라도 있는 양 과거에 꿈꾼 것이 현재에 이뤄졌다는 사실이다.

얼마 전, '봄밤이 잠깐 새리'를 기억하는 J 선배가 이런 말을 했다.

"상상 속의 보길도가 어딘가에 있을 것 같다는 말 기억해?"

그런데 지난해, 제주도에 일 년 살기를 하러 왔고, 올레 길을 걷고 고사리를 꺾고 너울성 파도를 보러 나가기도 하는, 이곳이 그 '어딘가'라는 생각이 들었다. 겁보가 진화해서 용감함이 더해지니 어느새 신세계에 들어와 있다는 자각. 그러니 글을 쓴다는 것은 얼마나 엄청난 일인가.

수필의 길로 들어서지 않았다면, 좋은 인연을 만나지 못했을 거란 생각을 하면 더욱 그렇다. 길을 열어주고 이끌어주신 스승님들, 아무 말 잔치를 해도 마음 편한 선배들과 글벗을 만나서 좋고, 공감해주는 독자가 있어서 또한 좋다.

세상에 나오길 기다리며 아주까리를 꺾어 꽂아주고, 한 걸음 떼면 두 걸음도, 세 걸음도 걸을 수 있다고 꽃신을 앞에 놓아준 것이 지나간 이야기가 아니었다. 여전히 그런 손길이 있으니 이번 생은 기적의 연속이다.

생각할수록 고맙고도 든든하다.

2021. 제주도 서귀포에서

이 혜 숙

| 차 례 |

5 세상에서 가장 무거운 옷

1

나는 팝콘이다

나는
팝콘이다

나는 팝콘이다

✳

나보고 팝콘이라니.

모르는 사람이 들으면 톡톡 튀는 개성과 하얀 꽃 같은 팝콘의 이미지로 오해하겠지만, 그건 모욕적인 소리다. '뻥튀기'보다 고상한 표현 속에 '허풍쟁이'라는 비아냥거림이 숨겨 있으니 말이다.

"요즘 분당에는 주방을 없애는 집이 많대."

허풍은 그렇게 시작됐다. 자식이 커서 저녁 시간에 없는 집, 출가시켜 부부만 있는 집, 남편이 늦게 들어오는 집… 이런 집에서는 반찬을 해도 먹을 사람이 없다 보니 주방이 클 필요가 없다는 말이다.

그 다음엔 대만을 예를 들면서 맞벌이 부부가 음식을 조리하는 데 필요한 시간과 노력을 매식으로 대신하고, 그 시간을 활용하는 것이 현대의 변화된 식생활이라는 이야기를 할 참이었다.

"누가 그래? 어디서 들었어? 그런 집 가 봤어?"

남편은 내가 당장 우리도 주방을 없애고 매일 외식으로 대신하자고 한 것처럼 갑자기 정색한다. 그리고 '없앤다'와 '줄인다', '많다'와 '있다'는 말의 차이가 어떤 것인지 설명하기 시작한다.

"요즘 분당에는 주방을 줄이는 집이 있다"고 말했으면 그냥 넘어갔을 텐데, 말 한마디 때문에 무안해졌다. 대화는 일방적인 훈계로 이어져, 결론은 '이 나이에도 허풍을 떨어서야 되겠느냐'로 끝났다.

그런데 이상하게도 '알겠습니다, 앞으로 주의하겠습니다' 소리가 안 나온다. 나보고 허풍을 떨지 말라는 소리는 아예 말을 하지 말라는 소리나 다름없이 들릴 뿐이다. 그동안 내가 얼마나 재미있고 유익한 허풍으로 자기를 즐겁게 해주었는지 모르고, 반찬하기 귀찮아서 엉뚱한 소리나 하는 여자로 몰아대는가 말이다.

좋다. 내일부터는 밥만 하고 대답만 하는, '말하지 않는 여자'가 될 테니 나중에 예전으로 돌아오라고 하지나 말라.

알다시피 팝콘은 옥수수를 튀긴 것이다.

옥수수 속의 수분을 205℃로 가열했을 때, 수증기가 터져

나온 것이라고 한다. 옥수수 알의 부피가 몇 배로 커지면서 속살이 터지다 보니 안과 밖이 바뀐 팝콘. 바삭하고 고소한 맛을 내는 팝콘. 이름조차 경쾌하고 이국적인 팝콘.

팝콘이 그냥 튀겨지나. 물이 끓는 온도의 2배가 높은 고열을 견디다 못해 뻥- 터지는 건데, 마찬가지로 허풍도 생각해 보자. 그냥 미지근하게, 혹은 따뜻하게, 뜨겁게 말해도 상대방이 들어 주지 않으니까, 고열을 동원해서 말하다 보니 그리 된 것이다.

허풍은 거짓말하고는 다르다. 팝콘이 모양이 변해도 옥수수이듯, 형태를 달리한 표현일 뿐이다. 좋은 허풍은 약이 되고 힘이 된다. 죽을병에 걸린 사람을 살릴 수도 있고, 침체된 사람에게 희망을 불어넣을 수도 있다. 환갑이 넘은 할머니가 몇십 년 만에 만난 친구에게 '어쩜 여고 때 모습 그대로니' 한다고, 옆에서 듣는 사람이 '아니, 여고 때도 저렇게 주름살이 있었단 말이야'라고 생각할 사람은 없다. 뻔한 허풍이지만 허풍으로 듣지도 않는다.

허풍을 잘 치는 사람은 상상력이 많고, 낙천적이며, 정이 많은 사람이다. 뒤끝이 무른 게 흠이지만, 빡빡한 성격은 아니다. 정도껏 말하고 말의 앞뒤를 재는 분명한 사람은 허풍을 잘 치지 않는다. 신중하여 무슨 일을 하든 믿을 만하지만, 재미는 없다.

허풍을 잘 치는 사람치고 목소리 작은 사람 없고, 웃을 땐 크게 웃는다. 목소리와 웃음소리가 크다는 것은 비밀이 없고, 거리낄 게 없다는 소리다.

보통 사람보다 부풀려 말해야 하니 머리도 좋아야 한다. 허풍의 대가大家는 말의 내용, 신빙성을 계산하고, 자신의 말이 먹히기 위해서 어휘력 구사에 신경 쓰고, 음성의 톤, 길이, 말의 시작과 끝을 조절한다. 몰라서 그렇지 보통 사람이 말하는 것보다 훨씬 정성을 들이는 것이 허풍이다. 예술적인 끼가 없으면 허풍도 제대로 치지 못한다.

짐작하겠지만 나는 굉장한 허풍쟁이다. 하루라도 허풍을 치지 않고 '보통 식'으로 말을 하면 입안에 가시가 돋치는 사람이다. 허풍을 예술의 경지까지 올리는 사람답게, 내겐 허풍의 룰이 있다.

1. 거짓말은 절대 안 된다. 그건 허풍을 모욕하는 것이다.
2. 남을 비방하는 데 써서는 안 된다. 들통나면 그 비방은 바로 내게 돌아온다.
3. 항상 남을 생각하라. 칭찬과 찬사의 허풍을 싫어하는 사람은 없다.
4. 아부의 수단으로 쓰지 마라. 비굴해진다.

5. 내 허풍이 유익하고 재미있나 생각한다. 재미없으면 속 없는 수다쟁이로 전락한다.

6. 잠자기 전에 오늘 허풍의 잘잘못을 점검하라.

나는 팝콘이다. 영화를 볼 때 영화표보다 먼저 사는 팝콘. 같이 울고 웃으며 영화를 보는 팝콘. 친구 같은 팝콘. 없으면 허전한 팝콘.

팝콘 이야기 좀 더 해줄까?

다른 작물은 자연 상태에서 사람에게 발견되었지만, 옥수수는 5,500년 전 뉴멕시코 중서부에서 불에서 탁탁 튀는 것을 보고 발견한 작물이라고 한다. 17세기경 미국 5대호를 탐험하던 프랑스 인은 인디언들이 팝콘을 튀기는 것을 보고, 옥수수 알 속에 갇혀 있던 악마가 열을 받아 튀어나온 것으로 알았다고 한다.

처음 팝콘을 본 프랑스 인이 어지간히 놀란 모양이다. 악마라니. 얼마나 허풍스러운가. 꽃같이 하얗게 부푼 악마라…. 프랑스 인의 허풍은 겁을 먹어서 그런지 좀 부정적이다. 천사가 날아다닌다고 해도 좋을 텐데.

하지만, 악마라는 표현이 묘하게 매력적이다. 허풍에도 악센트가 있어야 하고, 반전이 있어야 한다고 해석한다(나는 허풍의 샘이 마르지 않기 위해서 항상 공부하는 자세를 늦추지 않는다). 나아가 허풍을 말이 아닌 문자로 옮기는 작업, 수필에서도 악마 같은 악센트와 반전이 있어야겠구나 하고 한 가지 깨달음을 더한다.

나는 팝콘이지만, 항상 팝콘이기만 한 것은 아니다. 나라고 허풍만 가지고 세상을 살 순 없다. 허풍을 뺀 본래의 모습, 옥수수로 살 때가 더 많다.

수수, 수수, 옥수수. 수수의 볼품없는 낱알보다 예쁜 구슬, 玉수수의 모습이 내 본래의 모습이라고 하면 이것도 뻥일까. 알알이 반짝이고, 가지런히 박힌 옥처럼 치밀하게 살고 싶은 것이 나의 바람이다. 반듯하고 촘촘하게, 계산도 영악하게 하며 살고 싶은데, 낱알로 떨어지면 가슴속의 극성스러운 불을 만나 후드득 튀니 문제지.

옥수수와 팝콘. 두 개의 얼굴로 살아볼까.

그런데 오늘 만난 사람은 옥수수도 팝콘도 싫어하는 사람이다. 곧이 곧대로의 모습도, 기름기 있는 허풍도 믿지 못하는 사람을 만나다니. 잠시 긴장이 된다. 하지만, 내가 누군가. 허풍을 점검하기를 게을리하지 않는 나는, 나를 심심해하는 사람은 못 참는다.

그래서 오늘은 신토불이 강냉이로 변신한다. 어때요. 강냉이, 좋죠.

못과 말

✳

못과 말은 둘 다 박히는 공통점이 있다.

못은 벽에 박히고 말은 가슴에 박힌다.

못이 잘 박히면 기둥을 세우고, 말이 잘 박히면 사람을 세운다.

구부러진 못이 이음새에 박히면 구부러진 틈새 때문에 제대로 맞물리지 않고 삐걱거리다 무너지기도 한다. 구부러진 말이 사람 사이에 박히면 오해를 만들고 관계를 무너지게 한다.

녹슨 못을 박으면 그 자리에 녹물이 번져 흉한 얼룩을 만든다. 녹슨 말을 박으면 가슴에 상처가 생기고 아픈 기억으로 남는다.

못이 벽 중앙에 박히면 그 위에 아름다운 그림을 걸어놓고 사람들의 시선을 잡을 수 있다. 비록 못은 보이지 않는 곳에서 액자를 받쳐주는 역할밖에 못하지만, 못이 없어 그림이 바닥에 놓이면 그림의 진가가 제대로 발휘될 수 없다. 아름다운 그림이 되고 싶은 사람은 많아도 액자 뒤의 못이 되고 싶어 하는 사람은 적다.

내가 한 말이 한 사람의 생을 바꿀 수 있다. 말은 이미 허공에 흩어졌어도 다른 이의 달라진 삶에서 다시 태어난다. 누구나 힘 있는 말, 아름다운 말, 매끄러운 기도를 하려고 한다. 내가 기억하는 가장 진실된 기도는 외할머니가 사람의 힘으로는 어쩔 수 없는 상황에서 '소만도 못합니다, 개만도 못합니다'며 자신을 낮추는 두 마디였다.

시계, 달력, 옷걸이, 커튼, 거울… 못을 필요로 하는 물건에 못이 없으면 그것들은 다리를 잃은 것처럼 주저앉는다. 칭찬, 감사, 위로, 격려, 안부, 고백… 이런 말을 듣지 못하고 사는 사람은 삶에서 주저앉는다. 평범하거나 촌스러운 이름이라도 불리지 않는다면 그 이름의 주인은 밖에 나오고 싶어 하지 않을 것이다.

꼭 필요할 때 못이 없어 아쉬울 때, 구부러진 못조차 반가울 때가 있다. 구부러진 못은 필요한 사람의 손으로 곧게 펴져 제구실을 할 수 있다. 툭 던진 한마디 실수의 말을 이해하고 용서할 수 있다면, 내가 던진 말의 잘못을 시인한다면 구부러진 말도 펼 수 있다. 자칫 어긋날 뻔한 관계를 되돌릴 수 있는 것은 화해의 말이다.

지금 없는 백 개의 반듯한 못보다 한 개의 구부러진 못이 소중한 것은 말할 것도 없다. 똑똑한 타인 백 사람보다 내게 필요한 사람은 따뜻한 친구 한 사람이다.

어떤 벽은 못을 박지 않고 남겨 두어야 한다. 모든 걸이가 빼곡히 박혀 있으면 숨이 막힌다. 일부러 한쪽 벽을 비워두는 것은 시각의 숨통을 위해서다. 좋은 말이라고 자꾸 하고, 사랑의 고백도 반복하면 그 사랑이 의심스럽고 식상해진다. 말보다 통하는 침묵과 눈빛은 빈 벽처럼 환하다.

벽은 못을 허용하지만, 못 자국이 남는 것을 원하지 않는다. 못이 제대로 박혀 일치가 될 때 못은 곧 벽이 된다.

나는 나의 말이 너의 가슴에 가 닿아 너와 일치가 되길 바란다. 너의 말을 가슴에 담아 그것이 내 소리가 되길 바란다.

온전한 사랑을 꿈꾼다.

감자에 대하여

＊

감자는 무방비 상태로 생겼다.

감자처럼 아무렇게 생긴 것은 없을 것이다. 비슷한 고구마도 감자보다는 제법 모양새를 갖추었다. 고구마는 붉은 옷이라도 걸치는 성의가 있는데, 감자는 제 모습에는 전혀 관심없는 듯 맨몸인 채다. 흙바닥에 던져놓으면 감자가 돌멩이인지 돌멩이가 감자인지 구분이 안 될 정도로 자신이 식물이라는 최소한의 표시조차 하지 않는다. 돌멩이처럼 생겨서인지 감자는 과묵해 보인다. 다들 목소리 높이고 저를 드러내려 온갖 치장으로 눈길을 끌려 하는데 혼자 시큰둥하게 생긴 감자.

그러고 보니 같은 땅 속에서 나온 채소들은 저마다 특색이 있다. 무는 미끈한 다리로 한몫하고, 당근은 부끄러움을 많이 타서 홍조로 달구어져 있다. 고구마는 모양보다 실속을 택해 단맛을 낸다. 양파는 아무리 벗겨도 별게 아니라는 사람들에게 성깔을 부리느라 매운 맛을 품고 나온다.

감자는 생김새만 아무렇게 생긴 것이 아니라 맛도 제 생김새를 닮았다. 감자의 맛은 설명할 수 없다. 혀의 오감에 도대체 맞추려 하질 않는다. 하나의 맛을 택하지 않는 대신에 모든 것을 수용할 줄 안다. 무덤덤한 것 같아도 설탕이나 소금을 만나면 달고 짠 맛과 어우러져 각각 다른 맛의 멋을 부릴 줄 안다. 감자만의 독특한 개성으로 다른 채소보다 많이 식탁에 오르고, 그 가짓수가 수십 가지도 넘는다. 볶고 튀기고 무치고 으깨고 갈고… 감자처럼 다루는 대로 제 자신을 맞출 줄 아는 채소는 없으리라. 감자는 요리사를 예술가로 만들고 가난한 어머니의 한숨을 덜어준다.

감자는 가장 자연에 가깝다.

식물 중에 감자처럼 땅과 친한 것이 있을까. 맨몸, 흙에서 나온 채로 흙 색깔을 한 것이 감자의 색이다.

감자가 자신을 드러낼 때는 꽃이 필 때 뿐이다. 꽃의 색에 따라 땅 속에 다른 색의 감자가 들어 있다고 알리려는 것이다.

권태웅 선생의 '감자꽃'에서

　자주 꽃 핀 건 자주 감자
　파 보나마나 자주 감자

　하얀 꽃 핀 건 하얀 감자
　파 보나마나 하얀 감자

하듯 얼마나 순진한 모습인가. 조금쯤 기교를 부려 흰 꽃
에 자주 감자가 달려도 감자는 감자일 텐데, 파나마나 알 정
도로 곁길을 가지 않는다.

　동글동글한 몸과 티 나지 않는 색은 어찌 보면 순박한 남
자를 연상하게 한다. '강원도 감자바위'라고 하면 강원도 남
자의 무뚝뚝한 성격을 느낄 수 있듯 묵묵히 제 자신의 일을
하는 바위 같은 남자의 우직함 그대로다.

　그런 감자지만 사람들은 함부로 하지 못한다.

　감자가 돌변하면 그야말로 '뜨거운 감자'가 되기 때문이다.
마냥 순박하기만 한 게 아니다. '불'을 가슴속에 숨기고 있는
것이다.

　삶은 감자는 여전히 그 색 그대로이고 단단해 보여 어찌

보면 삶기 전이나 다름없어 보인다. 이것을 생각 없이 덥석 잡았다간 뜨거운 감자에 데고 만다. 감자 껍질은 내색하지 않고 있다 기습하듯 불을 내보이는 것이다. 감자를 무시했다간 뜨거운 맛을 보게 된다.

말이 많은 사람은 말에서 상대방을 읽을 수 있지만, 말수가 적어 속을 알 수 없는 사람은 내가 먼저 조심스러울 수밖에 없듯 감자 같은 사람은 함부로 대할 수 없다.

뜨겁지 않을 때는 하나도 조심스럽지 않은 감자. 둥근 몸매가 한없이 만만해 보이고 정다워 보이는, 그 앞에서는 내가 맘껏 우쭐댈 수 있는 여유를 갖게 하는 감자. 말이 많아 번번이 속을 보이는 나 같은 사람은 감자를 함부로 하다 가끔 뜨거운 맛을 볼 때가 있다. 그래도 뜨거운 맛조차 없는 감자라면 재미도 없을 것이다. 뜨거울까 봐 긴장하면서도 조심스럽게 손 내밀게 하는 감자 앞에서 때로는 나도 그렇게 살고 싶다. 가슴속의 '불'을 확 당겨보고 싶다.

누군가를 놀라게 하고 싶다.

가로등이 있던 자리

✳

아파트 18층에서 내려다보는 풍경은 길에서 보는 것과 달랐다. 나지막한 동산 하나가 눈 아래로 보이고, 논과 밭이 한눈에 들어오는 커다란 통창이 있는 작은 방을 보자, 나는 땅에서 너무 올라가면 흙의 기운을 받지 못한다는 말을 무시하기로 했다. 산 정상에서 굽어보는 사계절의 풍경을 고층 아파트가 아니면 볼 수 없을 거라는 매력 때문이었다.

책상을 창문 앞에 놓고 수시로 내려다보는 풍경 중, 마음을 끌었던 것은 작고 오래된 가로등이었다.

낮엔 있는 줄도 몰랐던 가로등이 어둑해지자 마치 검은 머리띠를 풀어놓은 듯한 길 위에 노랗고 동그란 장식품을 단 듯 불을 밝혔다. 그 모습이 그렇게 정다워 보일 수 없었다.

깜깜한 밤 가로등이 불을 밝힌 길을 따라 오가는 차를 보면, 쉼터로 돌아가는 사람들의 귀가를 가로등이 도와주는 것처럼 보였다.

지난겨울, 눈도 아닌 비가 을씨년스럽게 내리던 밤이었다.

겨울비답지 않게 닫힌 창문을 거칠게 흔드는 바람과 탁탁 부딪히는 빗방울 소리에 마음이 심란하여 쉽게 잠이 오질 않았다. 무심코 창밖을 내다보니 늘 보던 가로등이 꺼져 있었다. 전구가 나간 것일까. 창밖은 온통 먹빛인데 길 저쪽에서 자동차 헤드라이트 불빛이 보이기 시작했다. 자동차가 가로등이 있는 자리 가까이 오자 반짝, 가로등에 불이 들어왔다. 자동차는 가로등이 비춰준 길을 밟고 지나갔다. 다시 꺼진 가로등은 조금 있다 또 한 대의 차가 지나가자 불이 들어오고, 지나가면 꺼지고….

처음엔 무심히 보다 몇 번씩 켜지고 꺼지는 반복을, 자동차가 가로등 아래 지날 때마다 센서 등처럼 들어오고 나가는 것이 신기해서 한참을 보았다. 가로등은 전구가 다할 때가 되었는지, 비 때문에 접속이 불량해서인지 알 수 없으나, 이제는 아주 꺼졌겠지 싶으면 신기하게도 자동차가 지나갈 때마다 다시 불이 들어왔다. 그 광경이 마치 폭풍우가 거세게 치는 바닷가에 서 있는 등대를 보는 듯했다. 좁은 이차

선 도로는 뱃길로, 논과 밭은 파도가 넘실대는 바다로, 가로 등은 등대로. 나도 모르게 지친 구조원을 보는 심정으로, 안간힘을 쓰듯 가로등이 켜질 때마다 '힘 내. 또 한 대 오고 있어' 하며 응원했다.

이튿날 밤도 마찬가지였다. 가로등은 여전히 힘겹게 자동차가 지나갈 때마다 한 번씩 켜지고 꺼지기를 되풀이했다. 나는 가로등과 둘만 아는 비밀을 공유한 것처럼 가로등에게 산 것을 대하듯 정을 느꼈다. 미처 가로등의 병색을 알지 못했던 사람이 이제라도 알아채고 고쳐주면, 밤새 애쓰며 깜빡이던 가로등도 건강을 되찾고 환하게 불을 밝히리라 생각하며.

그러나 가로등은 언제부턴가 더 이상 켜지지 않은 채 그 자리에 방치되었다.

산을 허물어 아파트 공사를 하게 되면서부터 공사 차량의 진입로에 새로 등을 달았기 때문이다. 얼마 전부터 'XX 산업개발'이라는 커다란 간판 하나하나에 운동 경기장에서 보던 조명 기구를 단 후, 길 전체가 환해져서 검은 머리띠 같던 길의 정겨움마저 사라졌다.

그런데 왜 나는 그 길을 보면 마음이 허전한 것일까. 환하게 비춰주는 가로등이 있으니 더 안전할 텐데도.

고속화도로를 지나면서 알게 되었다. 신하처럼 허리를 90도 가까이 숙이고 읍하듯 사열해 있는 그 많은 가로등들이 속을 숨기고 고개를 숙이고 있는 것처럼 보였다. 이렇게 대낮처럼 환하게 길을 밝혀 놓았으니 어디든지 갈 수 있지 않느냐, 아직 너는 돌아갈 때가 되지 않았다. 더 달려라, 더….

밤길이 없어진 것이다. 먹물 같은 어둠 속에 동그마니 떠있는 노란 불빛. 그 불빛을 밟고 지나가는 자동차에게서 느끼는 귀가의 편안함. 돌아갈 곳, 쉴 곳이 있음을 안내하는 불빛의 정을 느낄 수 없어서 허전했던 것이다.

가로등이 있는 곳은 어디나 길이 있는 곳이다. 길은 떠나기 위해서도 있지만 돌아오기 위해서도 있다. 망망대해에서 찾은 등대가 반가운 것은 돌아갈 길을 가리켜주기 때문이다. 그러나 잘 닦은 도로의 끝없이 이어지는 가로등에게서는 휴식을 느낄 수 없다. 충혈된 눈에 힘을 주고 더 달려야 하는 길밖에는 안 보인다.

18층에서 내려다보면 성냥개비 하나 만큼의 가로등이지만, 나는 그 불빛이 사랑스러웠다. 이제 불빛을 잃은 가로등은 죽은 나무처럼 서 있을 뿐이다. 하다못해 아무도 그것을 치우는 수고조차 하지 않는다. 그러나 가로등은 치워주지 않는 것을 고마워하지 않을까. 이미 눈이 멀었어도 감각으로

나마 자동차가 지나가는 기척을 느끼면, 그래, 가서 쉬어라. 밤이 늦었다….

　가로등을 보는 동안에 나도 나에게로 돌아간다. 길이 다다르는 곳, 심연의 쉼터로.

2

아직도 들고 계세요?

아직도
들고
계세요?

봄밤이 잠깐 새리

과거에서 걸려온 전화

따르릉….

"여보세요."

─ 자넨가, 나 윤선도네. 내일 보길도에 온다는 말 듣고 전화했네.

"예? 누구시라고요?"

─ 아, 고산 윤선도 모르는가. 보길도 하면 윤선도, 윤선도 하면 보길도 아닌가. 여기 세연정일세.

"세연정이라면 윤선도 선생님이 보길도에 만든 유명한 연못 아닙니까."

― 하하, 350년 전으로부터 온 전화라서 어리둥절한 모양이구먼.

"그런데 어떻게 아시고…."

― 자네가 짐작하다시피 나는 살아서 이미 신선이 된 사람이야. 시공간을 넘나드는 내가 자네 전화번호쯤 모르겠는가. 얼마 전 자네가 한 소릴 들었네. 내가 세연정에서 보름날 밤에 여는 연회에 대해 듣고서 했던 말 기억하겠지. 할 수만 있다면 윤선도처럼 놀아보고 싶다고 한 말 말일세. 어쩌면 자네는 전생에 내 초대를 받은 친구들 중 하나인지도 모르지.

"말은 그렇게 했어도 호방하고 낭만적인 천재 시인의 풍류로 봐야할지, 관음증에 가까운 놀이를 즐기는 양반의 향락이라고 생각해야 할지 갈피를 잡지 못하겠던데요."

― 오게, 오면 알 걸세. 자네를 위해 지는 동백도 며칠 더 잡아두었네.

2003년 3월 23일 세연정 풍경

안내문 앞에 수십 명의 사람들이 모여 가이드의 설명을 듣고 있다.

고산 윤선도는 선조 20년에 태어나… 50세에 병자호란이 일어나자 해남에서 의병을 모집하여 강화도에 이르렀으나 임금이 청나라에 항복했다는 소식을 듣고 세상과 인연을 끊고자 제주도를 가던 중, 보길도에 이르러… 정치적으로 수차례 귀양과 복귀를 되풀이하고… 정철과 더불어 근대사에 남을 '어부사시사', '오우가' 등의 시를 남기고….

– 이보게, 거기 오래 서서 듣고 있을 참인가. 보나마나 해남 제일의 재벌 아들로 보길도에 왕국을 건립하고 제왕처럼 살다 갔다는 이야길 테니 들을 것도 없네. 들어가세, 내 친구 다섯이 모두 모여 기다리고 있네.

"다섯이라면, '오우가'의 수석과 송죽, 거기다 달을 말씀하시는 겁니까. 지금은 낮이라 달도 볼 수 없는데요."

– 참 답답하이. 그러면 내가 보여주고 싶은 것이 2003년의 세연정인 줄 아는가. 자네도 세인들 말처럼 조그만 시냇물에 중국 강 이름을 붙여 '계류'라 하고, 중국 호수 이름을 빌어 '회수담'이라 한 것이 윤선도의 과장과 허풍이라고 생각하는가. 지금 세연지의 물이 썩어가고, 페인트칠을 한 조각배가 물속에 처박혀 있는 걸 보고 가서 윤선도의 보길도를 보고 왔다고 할 참인가.

"알겠습니다, 시간 너머에서 전화 주신 분이라는 것을 잠깐 잊었어요."

─ 자네도 들었다시피 나는 여든다섯 살까지 살았어. 현세 나이론 백이십 살쯤 될 걸세. 요즘도 어떤 작가는 일흔이 넘으니 망령하고도 노닐 것 같다고 하던데, 그 나이의 나를 생각해보게. 평생 임금 다섯 분을 모셨고, 병자호란, 임진왜란도 겪었다네. 소인배의 모략도 있었고 임금의 사부라는 칭송을 받으며 효종께 집을 하사 받기도 했지. 수원 집을 해남으로 옮긴 것을 두고 후세에서는 재벌의 사치라고 하는데, 그건 인간이 재물을 보는 눈이라네. 진정 아끼고 귀한 것을 가까이 하고자 할 때는 재물은 나의 수단이 될 뿐일세.

"우리나라에서는 선비의 재물은 부덕으로 생각하지 않습니까. 지금도 작가에겐 상처와 고통이 글 쓰는 자양분이 된다고 말하고요. 배부르고 등 따순데 무슨 예술을 하겠느냐고, 처절해야 좋은 작품이 나온다고 하니까요. 제가 솔직히 부러웠던 것은, 보길도의 청별항입니다. 임금께 관직을 사양하면서 맑은 이별을 고한다니, 벼슬 정도도 가벼운 명예로 생각하시는 그 배포도 부에서 온 힘이 아닐까 하고요. 천재를 자유롭게 할 수 있는 것이 부의 힘이라면, 이제까지 생각했던 재물에 대해서 다시 생각해야 할 것 같은데요."

─ 하하, 그 정도 생각한다면 내 연회에 초대할 만하네 그려.

윤선도의 '어부사시사'에는 어부가 없다고 합니다. 그 글은 바다에서 나온 글이 아니라 연못에서 낚은 글이라는 거지요. 서민의 삶과 애환을 그리지 못한 양반의 한계지요.

가이드의 설명이 귀에 들어오지 않는다. 나는 신선이 떠나면서 남긴 어부사시사의 봄 노래 중 마지막 10수를 생각한다.

내일이 또 없으랴 봄밤이 잠깐 새리
배 붙여라 배 붙여라
낚대로 막대 삼고 사립문을 찾아보자
찌그덩 찌그덩 어사와
어부 생애는 이럭저럭 지낼레라

그가 배를 붙이고 찾은 사립문이 어디에 있는지 알 것 같다. 바로 '어부사시사'가 그 사립문 아닐까. 윤선도는 그 속에서 영원히 어부로 살고 있는 것이다. 잠깐 새고 말 봄밤의 향연에 부른 것도 그것을 알리기 위함이 아니었을까.

지도에 있는 섬을 찾아가는 길이라면 보길도를 찾아갈 수 없다. 300여 년 전의 혼령이 불러들이는 시공간 너머의 길, 인간과 신선을 동시에 살았던 천재 시인을 찾아가려면 그가 무엇을 낚으려 하는지 생각해 보아야 할 것이다.

그러면 어느 날 당신에게도 전화가 걸려 올 것이다.

"자넨가. 나 윤선도네. 내일 보길도에 온다는 말 듣고 전화했네."

부호符號의 가출

　어느 날 글을 쓰려고 컴퓨터를 열었다

　문장 한 줄을 쓸 때까지는 몰랐다 자판을 눌러도 마침표
가 찍히지 않는다는 것을 이게 웬일이지 쉼표와 물음표도
마찬가지였다 부호를 찍을 수 없게 되자 숨이 막혀오고 다
음 문장을 이을 수 없었다 자판이 이상해진 것 같아 입력의
문자표를 찾았다 일반 구두점에 필요한 문장부호들이 주르
륵 다 들어있다 마치 화원의 꽃을 보듯 그 모습이 화사하고
정겨웠다

　열기만 누르면 된다 좀 번거롭지만 어쩔 수 없지 그런데
그조차도 안 된다 느낌표 쉼표 따옴표 말줄임표 다 있는데
도대체 왜 안 되는 건지 한 줄에서 더 나가지 못한 채 부호

가 있는 자판이란 자판을 한 번씩 눌러보고 있는데 갑자기 화면에 이상한 글이 뜬다

"우리 찾으려고 애쓰지 마. 활자의 종노릇이 싫어서 떠나는 거니까. 소리 한 번 못 내보고 여기저기 불려 다니며 혹사당한 게 억울해."

"단어와 문장이면 다 되는 줄 아는 당신, 우리 없이 잘 해보라고…. 애들아, 가자! ─ 부호연맹 ─"

이런 황당한 일이 그러니까 문장부호들이 짜고서 가출을 하겠다는 건데

아무리 생각해도 방법이 없다 쓰려던 글은 날아가 버리고 나는 하는 수 없이 전단지에 쓸 문구를 써 내려가기 시작한다

부호를 찾습니다

물음표 낚시 바늘이나 갈고리 모양으로 생겼음 의심이 많아 항상 묻고 목소리가 큼 주장이 강하지만 호소력이 있다는 것이 장점

느낌표 야구 방망이 같이 생긴 외모와는 달리 폭력성 없음 감성이 풍부해서 작은 일에도 감동을 잘하지만 어느 땐 조절이 안 돼 자기 망상에 빠지기도 함

쉼표 부드럽고 유연하며 줄 세우기를 잘함 씨앗에서 막 발아한 싹처럼 생겼음 단절을 싫어해서 항상 남의 가교 역할을 함 가끔 걸음이 느려서 길을 잃고 헤매는 경향 있음

큰따옴표 한번 입을 열면 쉬지 않고 말을 쏟는 열변가 겉으로 치장하는 것을 좋아해서 쉼표 모양 네 개를 액세서리처럼 주렁주렁 달고 다님

작은따옴표 큰따옴표와는 반대의 성격 사색 형이며 필요한 것 중요한 것을 잘 집어내 강조하는 역할을 함 입 밖으로 말을 뱉지 않아 속을 알 수 없을 때도 있음

말줄임표 가슴에 품고 가는 형 회한과 감상에 잘 빠짐 늘 말을 끝내지 못하고 여운을 남김

마침표 마무리에 능함 깔끔하고 단정한 생김으로 점 하나 찍으면 더 이상 이을 수 없이 끝남

생김새와 성격을 쓰다 보니 문장부호들이 그립기 그지없다

그들이 없는 글은 온갖 재료로 정성을 다했어도 양념을 넣지 않아 모양만 그럴싸한 음식 같다 음향 없이 보는 영화 화면 같다 속옷을 입지 않고 외출한 기분이다 연료가 바닥난 자동차 방전된 핸드폰 어떤 표현도 부호 없는 글에 대한

아쉬움을 대신해 주지 못한다

그들이 돌아와야 활자에 생기가 돌고 문장도 탄력을 받아 나갈 텐데

생각해보면 물음표가 잘 생겼지 그 낚시 바늘에 걸리면 어떤 질문에도 대답하지 않고는 못 배기지 쉼표는 또 어떻고 가는 길 숨찰까 봐 쉬엄쉬엄 쉬어 가라는 배려가 얼마나 고마워 여백의 아름다움은 말줄임표를 따를 게 없지 마침 표로 끝낼 때의 쾌감 그것 없이는 어떤 글도 끝낼 수 없잖아

부호들아 돌아와 너희들이 오해한 모양인데 자음 모음 만 나야 소리가 완성되는 게 아니야 너희 하나하나가 어디에 자 리 잡느냐에 따라 명문이 잡문이 될 수 있다는 걸 왜 몰라 한 사람의 작가를 죽이고 살리는 힘이 너희에게 있다는 것 을

잘못했다 필요 이상 쓰고 제자리 찾지 못하고 아무데나 찍어놓고 됐다고 했던 것 용서하라 앞으론 정말 잘 할게

집 나간 가족에게 용서를 빌며 돌아오길 간청하는 심정이 다 지금은 황금 주머니를 찬 부호富豪가 들어온대도 반가울 것 같지 않다 눈앞에 고물고물한 부호의 모양만 아물거릴 뿐이다

그동안 나는 어떻게 글을 썼는가. 머릿속의 생각과 문장의

표현으로 완성했다고 믿었던 글, 날 것과 거친 것, 게다가 짓무른 것을 내놓고도 나 몰라라 한 게 이제야 보이다니….

무심히 자판을 눌렀는데 어느새 부호들이 돌아와 있다. 아무 일도 없었다는 듯, 제 자리에 와 찍힌다.

반가운마음으로부호들을맞이한다.이제부터다시시작이다.첫줄을쓴다.그런데또이상하다.이번엔띄어쓰기가안된다.형체도갖추지못하고없는듯간격을띄워주던띄어쓰기가제존재를알려온것이다.빡빡한화면을어찌지못하고바라보자니,그동안살면서띄우지못한간격과다가가붙어보지못한자리,눈에보이지않는다고믿지못하고무시한존재들이떠오른다.

컴퓨터는 아무 이상이 없었다. 제 자리를 찾지 못한 것은 부호와 띄어쓰기가 아니었다. 더 이상 핑계와 이유를 댈 수 없는 나는 조용히 물러난다. 언젠가 이런 전단지를 만날지 모르겠다. 그때는 돌아갈 수 있을지.

"찾는 사람, 이혜숙."

발뒤꿈치 때의 말

  나, 발뒤꿈치 때야. 당신이 가장 하찮게 보는, 상대도 않는 때지. 그냥 때도 아닌 발뒤꿈치에 붙어서 사는 때. 걸핏하면 당신은 '발뒤꿈치의 때만치도 여기지 않는다'는 말을 쓰지. 무시당하고 화가 났을 때 그렇게 소리 지르잖아. 그 말을 할 때 행복한 얼굴로 웃으며 하는 사람은 하나도 없었어. 참을 수 없을 만큼 기분이 나빠서 하는 소리니까 찡그린 얼굴에서 나오는 것은 당연해.

  나도 할 말이 있어. 그런 당신은 나를 정말 발뒤꿈치의 때만큼이나 생각해본 적 있냐고. 내가 그냥 발뒤꿈치에 붙나, 얼마나 많은 노동의 결과인데. 주인의 발을 따라 여기저기 함께 다니면서 훈장처럼 붙는 게 나야.

발이 효자라는 말 있지. 내가 덕지덕지 붙을 만큼만 부지런히 다녀 보라고 해. 그게 다 건강하다는 증거거든. 다리가 부러지거나 골다공증으로 마음껏 다니지 못하는 사람의 발은 희고 뒤꿈치도 깨끗해. 그때야 비로소 다리의 존재를 생각하게 되는 거지.

당신도 알지? 위장이 어디 있는지 생각할 때는 위장병이 났을 때라는 것. 하다못해 새끼손가락 하나도 평상시에는 잊고 있다가 다쳤을 때야 통증으로 그 존재를 확인하게 되잖아. 나도 엄연히 신체의 일부인데(깎여나가는 손톱처럼 말이지), 당신은 고작 몸에 붙은 먼지와 세균으로밖엔 생각하지 않으니 섭섭하단 말이야.

요즘에는 집집마다 목욕탕이 있어서 하루에도 몇 번씩 샤워를 하니 내가 붙어 있을 자리도 점점 줄어드는데 더구나 나를 생각하겠어? 예나 지금이나 내게 편안한 안식처는 도시 엘리트의 발뒤꿈치가 아니라 노동자의 발뒤꿈치지. 내가 워낙 깨끗한 것을 좋아하지 않으니까 발가락 사이의 때와 고린내를 친구로 만나면 그야말로 환상의 커플이야. 우리는 밤새 주인과 함께 했던 무용담을 얘기하느라 신난단 말이야. 어느 때는 공사장에서, 부두에서, 논밭에서 함께 어울리고 뒹굴다보면 저녁에 씻지도 못하고 곯아떨어지기 십상이

거든. 그 노동 끝의 단잠은 불면증이라는 병명을 알 수가 없지.

지금도 잊히지 않는 내 보금자리 얘기해 줄까. 80평생 동안 농사밖에 몰랐던 할머니의 발뒤꿈치였어. 새벽에 동이 트자마자 일어나 캄캄해질 때까지 들에 나가 살던 할머니와 함께했던 시간만큼 행복했던 때가 없었지. 흙냄새가 얼마나 단지, 한껏 코를 벌름거리면서 들이켜면 저절로 기운이 솟지. 할머니가 밟는 흙 속에 숨어 있는 온갖 것들이 다정하게 말을 걸어오는 거야. 더러는 헤어지기 싫다고 붙는 친구들도 있어.

로션 한 번 발라준 적 없는 그분의 발뒤꿈치는 사정없이 갈라졌어. 나와 친구들은 신이 나서 그 고랑 속에 들어가 놀았지. 할머니도 하루해가 저물면 고단해서 대충 씻고 주무시니까 우리들은 쫓겨날 일 없이 내 집처럼 사는 거야.

어쩌다 할머니가 우리를 내보낼 생각을 할 때가 있어. 제사나 명절 때가 다가오면 따뜻한 물에 발을 담그고 나를 불리는 거야. 이미 단단한 근육이 되어 함께 살았는데 내가 쉽게 떨어져 나갈 리 있나. 막무가내로 있겠다고 떼를 쓰지. 그때 그분이 꺼내는 게 뭔지 알아?

당신이 말하는 과도 종류인데 그분은 창칼이라고 불러.

나물도 다듬고 감자 껍질도 벗길 때 쓰는 작은 칼이야. 워낙 내가 질기게 붙어 있으니까 거친 돌로 문질러도 안 되거든. 할머니에게 이태리타월 같은 게 있을 리 없잖아. 할머니는 붉은 나를 칼날로 슬슬 문지르거든. 그때쯤 되면 더 있겠다고 떼를 쓸 수도 없어. 할머니가 깨끗한 몸으로 정성껏 제사를 준비하시도록 도와주는 게 떠나는 일이니까.

그 다음 이야기를 더 해줄까. 비위 약한 당신은 듣지 마. 할머니는 창칼을 쓱쓱 씻은 후 고구마를 깎아 손녀에게 먹이시는 거야. 우웩이라고? 그래. 칼의 일부에 남아 있는 내 한 부분이 손녀의 목으로 넘어갔다, 그게 어때서.

그 때가 당신들이 도시에서 묻히고 들어오는 때하고 같을까 봐 놀라시나. 천만에. 나는 흙의 일부라고. 모든 생명의 근원이고 순환인 그것. 자연의 한 부분이 바로 할머니 발뒤꿈치에 붙어 있던 때, 나의 참모습이지.

이 이야기도 할머니에게 고구마 받아먹고 건강하게 자라난 손녀의 입을 빌려서 하고 있잖아.

당신, 발뒤꿈치의 때 같다는 욕 함부로 하는 게 아니야. 때가 많이 붙을수록, 그 주인은 깨끗하고 성실하게 살아온 거라는 생각, 한번 해봤어? 나를 놓고 인상 쓰면서 말해도 되는가 말이지. 나도 오만하고 탐욕적인 사람의 발뒤꿈치에 붙어서 세상 좋지 않은 곳에 따라 다니고 싶은 마음은 눈곱만치도 없다고. 룸살롱, 호스트 바를 다녀온 발에 향수를 퍼부어 주어도 난 역겨워. 그럴 땐 제발 빨리 씻어 달라고 애원하고 싶어.

안녕, 희고 게으르고 통통한 못난 발의 주인이여. 난 간다. 가다 좋은 주인 만나면 주인이 가는 곳이 뻘밭이라 해도 열심히 주인을 거들어줄 거야. 거기 가서 진흙 팩하면 내 생애 최고의 날이겠네.

당신, 나 만나고 싶으면 발 바쁘게 살아야 할 거야.

뱀

알에서 깨다

껍데기 밖의 세상에서는 아무런 기척이 없다. 세상으로 나갈 시간이 되었는데 밖에선 나오라는 신호도 없고 어미의 숨소리도 들리지 않는다. 궁금하여 견딜 수가 없다. 새끼 뱀은 난치를 이용해서 알껍데기를 깨보기로 한다.

막상 세상에 나와 새끼 뱀이 제일 먼저 본 것은, 주위의 모든 동물과 다르게 생긴 제 몸뚱이다. 머리에서 꼬리까지 이어진 기다란 몸통, 어디에도 없는 다리. 아무 소리도 들리지 않는다. 짐작대로 어미도 곁에 없다.

'엄마!'

새끼 뱀이 제일 먼저 부른 것은 어미였다. 그런데 소리가 나오지 않는다. 허파 속 공기만 숨관을 통해 나올 뿐이다. 새끼 뱀은 놀랍고 두렵다. 무엇이 잘못된 것일까. 어미는 내가 불구일 것을 알고 나를 버린 것일까. 새끼 뱀은 오래 생각할 새도 없이 땅이 미세하게 진동하는 것을 느낀다. 우선 바위틈으로 숨는다. 길고 가는 몸통으로 유연하게 바위틈을 지난다. 기면서 살 수 밖에 없는 운명의 첫걸음이다. 새끼 뱀은 눈물이 나올 것 같아 눈을 깜박여보지만, 눈을 감을 수 없다는 것을 알게 된다. 눈꺼풀조차 없는 것이다.

'아…'

깊은 한숨이 수백 개의 뼈 마디마디를 돌아 나올 뿐이다. 뱀은 비로소 제가 태어날 때부터 환영받지 못한 존재임을 생각한다. 에덴동산에서 쫓겨 나온 선조의 원죄가 지금까지 이어져 천형의 몸으로 세상에 나왔음을…. 뱀은 이를 악문다. 알을 깨기 위해 생겼던 난치가 떨어져 나가고, 그 자리에 유일하게 자기를 지켜줄 독니가 생긴다. 새끼 뱀이 독을 품는 동안, 먼발치에서 지켜보던 어미 뱀은 똬리를 풀고 다른 방향으로 간다. 어미에게도 아픔은 있다. 목소리를 낼 수 없으니 냉혈동물이라 알을 품어줄 수 없었다는 말도, 뱀의 운명이란 다리 달린 침승하고는 처음부터 다르다는 말도 할 수 없었다. 철저하게 혼자 시작해야 하니, 고독도 본능이라는 것을 배워야 한다고 어미는 생각한다. 어미 뱀도 길게 한숨을 쉰다, '휘이– 휘이익––'.

'없음'이라는 재산

새끼 뱀은 고독에 익숙해진다. 아니 살기 위해서는 고독따위의 사치한 감정에 사로잡힐 시간이 없다. 가끔 쥐 한 마리를 통째 삼키고 2, 3일 동안 사냥할 일이 없을 때는 자신의 업보를 생각해 보기도 했지만, 몇 번 허물을 벗으면서 성장하는 동안, 새로운 사실을 알게 되었다. 가진 것이 너무 없다는 것이 견디는 힘이 될 수 있다는 것을.

다리가 없어 온몸으로 기어야 하는 운명도, 누구도 통과할 수 없는 좁은 틈새를 비집고 지나갈 수 있을 땐 오히려도움이 된다. 다리가 부러질 염려도 없고, 몸통 전체가 바닥구실을 하여 쓰러질 일도 없다. 다리란 넘어지면 일어날 시간이 필요하다. 넘어졌다 일어날 시간이 필요하지 않은 뱀은좌절을 모른다. 앞뒤든 옆이든 방향을 마음대로 바꿀 수 있는 다리는 변덕스럽고 자주 시행착오를 한다. 배로 기는 뱀은 뒷걸음질 칠 수 없다. 앞으로만 갈 뿐인 뱀은 선택에 흔들리지 않는다.

　유연한 척추 뼈로 모래 위에 물결무늬를 그리며 지나온 자국을 보면서 나름대로 멋진 보행이라고 생각한다.

　땅속 생활로 겉귀가 퇴화되어 소리가 들리지 않는 것도 다행이다. 위협적인 소리를 잘 듣지 못하니 무서울 것도 없고, 헛된 소리에 현혹되어 흔들릴 일도 없다. 어차피 바닥을 기면서 살아야 하니 진동을 느끼는 예민한 감각만으로 만족할 때도 있다. 닫히지 않는 눈꺼풀은 또 어떤가. 가끔 눈을 덮고 있는 각질을 다칠 때도 있지만, 탈피를 할 때 다시 새로운 막이 생기면 세상이 더 맑게 느껴져 상쾌할 때도 있다. 잠잘 때도 완전히 감기지 않는 눈으로 자신을 지킬 수 있고, 쏘아보는 눈빛만으로도 상대방을 제압하기도 한다.

　없다는 것은 있는 것과 마찬가지인 삶의 조건일 뿐, '없음' 때문에 생이 절망스럽진 않다. 다만 그것은 더 강하게 살아남으려는 의지를 부추길 뿐이다. 성장한 뱀은 이제 선조들이 어떻게 공룡보다 오래 살아남을 수 있었는지 이해한다.

동면중에 꾼 꿈

　공격당했을 때 외에는 일부러 해치려는 뜻이 없다는 것을 다른 짐승들은 모른다. 흉측하고 혐오스럽다고 모두 피해버리릴 때의 고독을 생각하면 차라리 동면할 수 있는 겨울이 고맙다. 긴 잠에 들면서 뱀은 한 가지 의심을 떨쳐버릴 수가 없다. 왜 하필이면 나만 다른가….

꿈을 꾼다. 에덴동산에서 이브를 만난다. 천진하기만 하고 아무런 회의도, 고통도 느끼지 못하는 것이 진정한 행복일까. 반쪽뿐인 삶이 아닐까. 그것이 신이 바라는 것일까.

'나라면….'

그렇게 생각하자 뱀은 인간이 딱해 보여 견딜 수가 없다. 뱀은 '지혜의 열매'를 알려 주기로 한다. 어쩌면 인간에게 그 비밀을 전하기 위한 운명을 가지고 태어난 것인지도 모른다고 생각하자 사명감마저 느낀다.

신을 노하게 하여 다리와 목소리, 귀, 눈, 미각까지 모두 반납해야 했을 때, 뱀은 문득 그조차 신의 뜻이 아니었을까 생각한다.

잠에서 깬 뱀은 이제 아무 것도 슬퍼하지 않는다. 은둔과 고독도 두렵지 않다. 저를 두려워하는 인간의 곁을 떠나 바위틈으로 유유히 사라지면서, 뱀은 혼자 웃는다. 숨겨둔 지혜가 한 가지 더 있는데, 아직까지 인간은 그 비밀을 풀지 못한 모양이라고.

그것은 가장 낮은 것이 가장 높다는 것. 만일 하늘이 바닥이고 땅이 위라면 그 자리는 뱀, 자신의 자리가 아닌가. 어떤 동물의 발바닥도 나보다 더 많이 대지를 밟지는 못하리라.

3

꽃을 쉬는 저녁

꽃을
쉬는
저녁

꽃을 솎는 저녁

오월에 심은 한련화 모종이 몇 달 새 퍼져 화단에 가득하다.

꽃이 퍼지다 보니 위로 뻗은 줄기는 잎이 푸르고 꽃송이가 큰 데 비해 아래 깔린 꽃은 오종종하다. 새로 나오는 잎도 누렇게 뜨기 시작한다. 시들기 시작하는 꽃과 잎을 솎아 주어야 나중 나오는 것들이 제대로 햇빛과 양분을 받을 것 같다.

한여름 오후 여섯 시, 이 시간이면 열이 식은 햇볕도 별수 없이 수굿해진다. 어둡기 전 두어 시간이 남았으니 꽃을 솎아내는 손길이 바쁠 게 없다. 머리카락을 헤치고 새치를 찾아내듯 시든 잎을 따주기만 하면 되니까. 그 중에는 벌써

씨를 맺기 시작한 것들도 있다. 시들었다고 다 따버릴 것도 아니구나 싶다.

오래 지나지 않아 요령이 생긴다. 시든 꽃의 줄기가 저마다 다른 것을 알았기 때문이다. 씨를 맺을 꽃은 시들어도 줄기가 싱싱한데, 그러지 못한 것들은 배배 마르기 시작한다.

"너희들도 반상회 하니?"

나는 꽃들이 머리를 맞대고 저희끼리 두런두런 나눈 이야기를 훔쳐 들은 양, 웃으면서 꽃에게 말을 건넨다. 꽃이 '어라' 하는 표정으로 올려본다.

마당 있는 집에 산 지 십 년, 처음엔 꽃은 꽃이고 나는 나였다. 꽃은 내가 보기 위해서 심고 가꾸는 것, 저절로 핀 야생화도 내게 보이려고 핀 것처럼 생각했다. 그런데 올 봄에 매화를 딸 때 꽃이 하는 말이 들리는 듯했다. 질 때도 봉오리 모양이지만, 피는 봉오리와는 다르다고 하는 말이. 고구마 밭에서 잡초를 매줄 때, 잡초와 고구마 줄기가 손에 같이 잡히면 금방 알아차리는 것이 두 종류의 줄기가 감촉이 달라서만은 아니다. 고구마 줄기가 뽑힐까 봐 겁에 질려 움츠리는 것을 느끼기 때문이다.

한련화만 해도 그렇다. 꽃을 솎은 지 5분도 안 돼 씨가 될 것과 안 될 것을 구분하는 것이 아무나 할 수 있는 일인가.

꽃들도 서로 말을 나눈다. 회의하고 결정도 한다. 그러니 될 성싶은 놈을 응원하면서 허약한 것들은 물러나기로 한다. 씨를 맺기에는 역부족이라는 것을 안 줄기는 한해살이로 만족하며 일찌감치 물 긷기를 포기한다. 씨를 맺는 꽃은 그것에 보답하려 열심히 뿌리에서 수분을 퍼 날라 씨방을 살찌운다.

고요하고 평화로운 반상회의 장면을 바라보는 여름 저녁, 나의 손길은 더 더뎌지고 조심스러워진다.

그 시간이면 어김없이 집 근처 회사 족구장에서 함성이 들린다.

처음엔 몇 가구 안 되는 주택 사이에 제조업체의 기숙사가 생긴다는 것에 반대하는 사람들이 많았다. 더구나 직원이 우리나라 사람이 아닌 동남아 쪽 사람들이라는 것에 더 경계했다.

시간이 흘러 처음만큼 경계하지는 않아도, 검은 피부가 더 검게 보이는 감색 티셔츠를 단체로 입고 정해진 시간에 식당으로 몰려가는 그들을 마주치면 긴장부터 했다. 웃는 얼굴은 볼 수 없고 담배를 피우다 길가에 던지는 모습도 일부러 보란 듯 하는 행동처럼 느껴지기도 했다. 걸어가는 그들 옆을 승용차로 빠르게 지나쳐도 마음은 어딘지 불편하기만 했다.

얼마 전 그 회사의 주차장 옆에 족구장이 생겼다. 퇴근 시간인 오후 여섯 시만 되면 몇몇이 족구를 하는 소리가 들리기 시작했다. 알아들을 수 없는 이방인의 함성이 저녁 공기를 흔들었다. 가까이 가서 본 적은 없지만 왁자지껄한 소리와 커다란 웃음소리는 묘한 감동을 주었다. 이제껏 경계하고 긴장하던 마음이 풀리는 것 같았다.

그들은 얼마나 먼 곳에서 왔을까. 보고 싶은 가족을 두고 온 사람들이 이 시간만큼은 놀이에 몰두하는 것이겠지. 낯선 땅에 적응하느라고 애써 배웠던 '안뇽하세요'나 '감싸합니다' 같은 말을 내동댕이치고 마음껏 제 나라 말로 함성을 지르는 시간, 푸른 자유가 그 소리에 묻어 있었다.

어느 날, 족구장에서 들리는 함성을 들으며 꽃을 솎고 있을 때였다. 잠시 허리를 피려고 일어서는데 소리가 족구장이 아닌 화단의 흙속에서 들리는 게 아닌가.

"여기야, 여기. 이쪽으로 보내."

"아이구, 제대로 좀 해라."

"좋았어."

허리를 들면 동남아 말이었다가 숙이면 저절로 우리말로 바뀌어 들렸다.

그들도 가족에겐 이듬해의 꽃을 약속해 줄 '씨앗'이었구나. 지금보다 나은 미래를 위해 힘을 모으고 마음을 모아 보낸 씨앗.

　나도 모르게 족구장의 소리에 끌려 마당에 나왔다가 한련화 화단으로 손이 갔던 것도 서로 상관없는 일이 아닌 것 같았다.

　이젠 집으로 돌아오는 길목에서 기숙사의 창부터 살핀다. 베란다에 빨래가 걸려 있으면 반갑다. 창문이 열려 있으면 그들이 통풍하려는 것이 공기만이 아닌 것 같은 생각이 든다.

　내가 한련화의 반상회를 멋대로 엿보았듯이 족구 하는 소리에 경계하는 내 마음이 풀렸다는 것을 꽃도 그들도 알지 못해도 즐겁지 않은가. 아무도 몰라도 봄과 여름 사이에 한 사람이 달라졌다는 사실이.

간고등어 한 손의 전설

재래시장이든 대형마트든 생선가게에서 제일 먼저 눈길 가는 것이 간고등어다. 사계절 한결 같이 제자리를 차지하고 있으니 늘 보는 것이지만, 내 눈엔 간고등어가 다른 생선하고는 달리 더 빛나 보인다.

빛나기로 치면 갈치를 따를 것이 없다. 실크 스카프를 닮은 우아한 몸통으로 생선가게를 빛내는 아우라를 품어낸다. 그에 반해 못생기기로 치면 서열 1위인 아귀도 조기 한 마리쯤 통째 삼킬 만큼 큰 입 때문에 강한 포스로 한자리 차지한다.

그러나 실크로 휘감은 귀족 갈치도, 무시무시하게 생긴 깡패 아귀도 내 손으로 넘어올 땐 몇 토막으로 쳐진 상태라 아우라나 힘은 잠깐의 환영일 뿐, 처참한 사체를 수습하는 기분이다. 굴비 한 두릅도 받아들면 군식구들을 보듯 부담스러워진다. 스무 마리를 놓고 번번이 짜야 할 메뉴와 그것이 냉동실에서 차지할 공간을 생각하면 귀찮아져 지레 손을 놓기 일쑤다.

간고등어는 다르다. 두 마리가 한 손이라 한 마리는 그 날 먹고 한 마리는 여유분으로 남길 수 있어서 좋다. 두 마리가 나란히 포개서 누워 있는 모습을 보면 에로틱해 보이기까지 해 눈이 번쩍 뜨인다. 포개 있어도 그냥 포개 있는 게 아니다. 내장까지 비우고 갈비뼈 가장 안쪽으로 끌어당겨 한 치의 틈도 없이 밀착되어 있으니, 한참 바라보고 있으면 에로틱을 넘어 결연하고 애틋한 느낌마저 든다.

한 마리의 물고기를 부르는 이름이 '생선'이 되면 그것들은 햄이나 소시지가 그렇듯 진열대의 상품이 되고 만다. 그러나 두 마리의 고등어는 소금에 절여져 '한 손'이 되는 순간 포장단위를 넘어선다. 내장의 거리조차 허용치 않고 끌어안기만 했나, 아가미까지 고리처럼 걸려 있는 것을 보면 그럴 수밖에 없는 어떤 스토리를 품고 있는 것만 같다.

고등어가 차디찬 바다의 색과 희게 부서지는 파도의 문양을 그대로 등에 새긴 모양만 봐도 예사롭지 않다. 만약 물고기 세계에도 성격이나 심성이 있다면 고등어는 냉정하고 이성적인 성격이 아닐까. 갈치처럼 미적거리는 미련을 길게 남기지도 않을 것 같고, 아귀처럼 막무가내 포악하지도 않을 것이다. 제 몸통의 유선형을 닮아 불필요한 것은 과감히 버리고 가벼이 치장하는 것도 좋아하지 않을 터. 바다의 문장을 받았으니 도도한 자존심도 만만치 않으리라.

그것은 생 고등어를 보았을 때의 느낌이다. 그런데 간고등어는, 죽은 후엔 존재에서 바로 부패로 넘어가는 생 고등어와는 달라 보인다. 살아서 다 못한 한을 소금에 절여서라도 생의 기억을 연장하려는 것처럼⋯. 한 마리였을 때는 곁을 주지 않을 것처럼 보였지만 두 마리가 꼭 끌어안고 있으니 죽어서도 놓지 못할 절절한 사연이 있을 것만 같다. 어쩌면 등 물결 문양에 그들만의 사연을 알타미라벽화처럼 새겨놓은 건 아닐까.

두 마리의 고등어는 안도현의 동화 《연어》에 나오는 '은빛 연어'와 '눈 맑은 연어'처럼 특별한 사이일까. 수백, 수천의 무리가 떼 지어 다니면서 멸치 사냥에 나서고, 고등어 떼를 노리는 갈매기와 낚시꾼의 낚싯대를 피하면서도 항상 붙어 다녔을까. 넓은 바다에서라면 그럴 수도 있겠다.

그러나 그물에 걸려 건져지는 광경을 보면 설득력이 떨어진다. 그물 속에서 몸통끼리 부딪치면 미끄러질 것이고, 맞잡을 손도 없으니 제 짝을 찾기란 기적에 가까운 일일 테니까. 포획되어 무더기로 쏟아져 소금에 절여질 때는 순전히 뱃사람의 손에 잡히는 대로 한 쌍이 되었을 텐데, 어떤 사람이 특별한 사이인 줄 알고 짝을 맞춰줄 것인가. 그저 무작위로 걸려 야무지게 묶여진 두 마리 생선일 뿐.

상상력이 거기에서 멈추자, 오늘 먹을지 나중에 먹을지 결정해야 할 일만 남았다. 시들해진 나는 고등어를 먹고 싶은 마음조차 가셔서 냉동고에 넣기로 한다. 꽉 찬 냉동고에 밀어 넣다시피 하고 돌아서는데 문이 열리면서 간고등어가 툭 떨어진다.

다 들어주지 않은 이야기가 있다는 듯이.

다시 식탁에 올려놓고 한참을 바라보고 있자니, 이 간고등어 한 손에 어떤 전설이 있을 거라는 게 분명해진다. 그것은 맨 처음 두 마리의 고등어를 '한 손'으로 절일 생각을 한 어부의 이야기일 거라는.

죽음으로도 포기할 수 없는 사랑, 그걸 견딜 수 없었던 한 사람의 염원이 아니었을까. 펄떡거렸던 심장이 다 녹고 나서도 더 당겨서 뼈에 새기고 싶었던 절박함을 고등어에게 표식으로 남긴 건 아닌지. 뜨거웠던 입맞춤 그대로 불이 되어

입술이 녹아 떨어질까 봐 고등어의 아가미를 얽어 놓았는지
도….

강화도 전등사의 대웅보전 처마에 배신한 여인의 형상을
깎아놓은 도편수나, 선덕여왕을 짝사랑해서 불귀신이 되었
다는 지귀처럼 알려지진 않았어도 그 못지않게 지독했던 어
떤 어부의 사연이 간고등어 한 손으로 전해지는 것은 아닐
까.

그게 언제였을까. 마디 굵은 어떤 손이 고등어 두 마리를
들어 툭툭 소금에 절였던 때가. 그 손등에 눈물이 떨어지고,
눈물의 염분마저 보태져 아직까지 부패하지 않는 간고등어
로 남은 그 오랜 사랑의 기원은.

아이가 울고 있다

비 오는 저녁이다. 남편과 들른 감자탕 집은 자리가 몇 없다. 밥보다는 술 한 잔 생각나 간 집이라 김이 서려 부연 실내와 왁자지껄한 분위기가 싫지 않다. 우리처럼 술 고픈 사람들이 비를 핑계로 술잔을 나누고 있는 것처럼 보여 오히려 정겹다.

그런데 뒷자리에서 째지는 여자의 목소리가 들린다. 누가 싸우나 싶어 돌아보니, 여자 혼자 소리를 지르고 있다. 맞은 편에 누가 있긴 하다. 두꺼운 파커에 묻혀 머리만 조금 드러난 초등학생 남자 아이.

엄마로 보이는 여자는 벌써 세 병째 소주병을 따고 있다. 저녁 시간에 식당에 온 모자치고는 분위기가 이상하다.

"내가 못 배운 놈 만나서 너 같은 걸 낳은 거야!"

"난 지금도 니가 내 아들이 맞는지 모르겠어. 아니, 아니면 좋겠어. 너만 안 나왔어도…."

아이는 고개를 푹 숙인 채 한마디 대꾸도 없다. 어쩌면 휴대전화만 만지작거리고 있는지도 모른다.

시킨 감자탕이 나왔는데도 숟가락을 대볼 생각도 못한 채 내 귀는 이미 그들의 테이블에 가 있다. 뒷자리라 자주 돌아볼 순 없지만, 난 아이가 게임에 몰두하고 있길 바란다. 제 엄마가 뭐라고 지껄이든 미친 듯이 엄지손가락에 집중하기를. 근처 초등학교에 다닐 텐데, 같은 반 친구라도 만나면 어쩌나. 엄마의 폭언보다 그게 더 두려울 것 같아서 내가 다 초조하다.

"니가 날 속였지, 나쁜 놈."

아이한테 하는 소린지 남편한테 하는 소린지 여자의 말이 오락가락해질 즈음, 아이는 조용히 맞은편으로 건너가 엄마에게 옷을 입힌다. 실컷 퍼부었는지 여자도 그쯤에서 비틀거리며 일어난다.

여자가 카운터에서 계산하는 동안 아이는 우산을 펴고 기다린다. 제 가방과 엄마의 백까지 멘 아이가 엄마의 허리를 잡고 빗속으로 사라진다.

깨끗이 치워진 뒷자리는 이내 다른 손님들의 차지다. 조용해졌으니 이제부터 감자탕을 먹어도 될 텐데 나는 이미 밥맛도 술맛도 당기지 않는다.

결국 먹는 둥 마는 둥 우리는 일어선다. 비는 그칠 줄 모른다. 돌아오는 차 안에서도 내 마음은 개지 않는다.

아이는 조용히 있었지만 내겐 속울음 소리가 들린다. 무표정한 아이가 온몸으로 매를 맞고 있는 것도 보인다. 그 매를 맞으며 오그릴 대로 오그려 옷밖에 보이지 않던 아이를, 그러나 나는 모른 체하고 말았다.

답답하여 차 창문을 조금 내리자 빗줄기가 쏟아져 들어온다.

"나를 보는 것 같아."

"그게 무슨 말이야?"

남편은 모른다. 어떤 엄마는 손으로, 말로 때리지 않아도 아이에게 상처를 준다는 것을.

내 아들은 저 아이보다 어렸을 때 술 취해 비틀거리는 엄마의 손을 잡았다. 걸음마를 뗀 지 얼마 되지도 않은 나이였다.

아이와 버스를 타고 오다가 집만 아니면 어디라도 좋을 것 같은 심정으로 차에서 내려 길을 건넜던, 어스름 무렵에 허름한 밥집에서 처네를 풀고 밥 한 그릇 술 한 병을 시켰던, 아이 입에 밥 한 술, 내 앞에 술 한 잔 따랐던….

오래 되었어도 생생한 그 날을, 어렸던 아이는 기억 못할 거라고 해도 나는 자유롭지 못하다. 소리 지르지 않았고 때리지 않았다 해도 그날 아이는 상처를 입었을 테니까. 저를 쳐다보지도 않는 퀭한 눈동자, 일어날 때 비틀거리는 걸음걸이를 보면서 아이는 문득 엄마가 아닌 낯선 여자를 보는 것 같았을 것이다.

불안한 아이는 눈치를 봤다. 투정도 하지 않고 주는 대로 밥을 받아먹었고 몇 시간이고 얌전히 앉아 있었다. 집에서 나올 때는 업혔던 아이가 신호등 앞에서 엄마의 손을 꼭 쥐고 서 있었다.

"엄마, 우리도 빨리 뛰자."

뒤뚱거리면서 손을 놓지 않고 앞장서던 아이. 그때 세 살짜리는 저 아니면 엄마를 보호할 사람이 없다는 것을 알았을까. 신호등이 바뀌기 전에 사람들 속에 섞여 건너야 한다는 것을 처음 깨달았을 때 얼마나 무서웠을까.

며칠이 지나도 그 여자가 밉다. 아니 시시각각 일부러 그 여자를 떠올리면서 미워하려고 한다. 나서지 못한 지금의 나도 기억 속의 나도 같이 괴롭힌다. 그래야 조금이라도 잘못을 덜어낼 것처럼.

그러다 어느 날, 불현듯 운다. 한참을 미워해도 풀지 못했는데, 어떤 조각 하나가 불쑥 떠올라 울음 주머니를 터뜨린다. 상처를 준 아이들에게 미안해서가 아니다. 속울음과 쓴 뿌리를 안고 키우고 있었던 나를 보았고 그 여자를 보았기 때문이다.

엄마 노릇을 못했다는 자책감에 가려 보지 못했던 내 상처. 집이 위안이 되기는커녕 떠나고만 싶었던, 하루하루가 버거워 견딜 수 없었던 절망. 아무렇지 않은 듯 돌아가기 위해서는 밖에서 몇 시간이나마 벌어야 했던 그때. 혼자였다면 좋았을 텐데, 그럴 수 없어 아이에게 밥을 먹이며 술을 마셨던 젊은 엄마가 수면 위로 떠오른다.

그 여자도 마찬가지였으리라. 술에서 깨었을 때 입이라도 쥐어뜯고 싶은 고통을 맛보았을 것이다. 인사불성이 되어 소리 지를 수밖에 없었던 그 여자의 절망이 고스란히 보인다. 차라리 혼자 마시고 취해버렸다면 홀가분해졌을지도 모르는데, 여자는 아이에게 밥을 먹이려고 데리고 있었다. 어쩌면 너무 외로워서 아이라도 곁에 두고 싶었을까.

여자 안의 여자가 울고 있다. 내 안의 나도 운다. 어른이 되었어도 누구에게도 위로 받지 못했던 아이가 웅크리고 앉아 운다. 받고 싶은 위로를 고작 분노로밖에 표현할 수 없었던 게 미안하고 부끄러워서 운다.

　그래도 그 울음을 잦아들게 하는 것은, 혼자 있게 두지 않은 아이.

　같이 밥을 먹어주고, 옷을 입혀주고, 우산을 씌우고 허리를 감싸준 아들, 그리고 손을 잡아준 아들… 곁에 있어주어서 고맙다.

내게 없는 '사흘 동안'

🍃

오늘

'오늘' 나는 죽었다.

갑자기. 예기치도 않게. 준비도 없이.

태어났을 때 이미 예정된 날이었지만 그게 오늘일 줄은 몰랐다. 마음의 준비를 할 수 있었다면 좀 나았을까. 삶을 정리하고 유언을 남길 수 있었다면, 제법 품위 있는 죽음이 되었을까.

근데 느닷없이 죽음이 손목을 낚아채는 바람에 경황없이 끌려나오고 말았다. 나를 담았던 저 육신으로부터.

튕겨진 후 직접 보니 내 얼굴이 이렇게 생겼구나. 짝짝이 눈, 꺼진 코, 가지런하지 못한 치아, 살아서는 하나같이 불만스럽더니 참 정답고 예쁘구나. 검고 풍성한 머리카락, 봉긋한 가슴, 아직 탄력을 잃지 않은 살, 아까워라. 맹장수술 한 번 한 적 없고 골절 한 번 입은 적 없는 장기와 뼈는 어떻게 하고.

이 사실을 알게 될 식구들은 어떤 기분일까.

우선 남편. 오늘 저녁 회식을 한다고 했는데, 만일 술자리에서 소식을 듣는다면? 술이 확 깰까? 사실을 받아들이기까지 얼마나 걸릴까? 제일 먼저 무슨 생각을 할까?

딸은 그 소식을 믿을 수 있을까. 저녁에 낙지볶음 해놓겠다던 엄마 목소리가 아직 귀에 생생할 텐데… 다음 주에 첫 미팅을 한다고 했는데 엄마가 되어 그걸 방해하게 되다니.

교실 대신 영안실에 있어야 할 아들은 어떻고. 상주랍시고 무릎이 아프도록 절해야 할 텐데, 곡소리도 못 내고 비질비질 눈물만 훔칠 텐데, 내일 모레 집에 들어오면서 저도 모르게 "엄마, 나 왔어요" 소리 지를 텐데, 그때 대답할 수 없다는 게….

내일

내일, 이라는 시간을 오늘이라고 말할 수 없는 날이 누구에게나 온다, 딱 한 번. 어제 죽은 나도 '오늘'이라고 말할 자격이 없다. 시신이라는 낯선 이름으로 지상에 남아있는 이 하루가 산 사람들 곁에 있을 수 있는 마지막 날이다. 제발 내가 죽었다는 사실을 바로 받아들이지 말아 다오. 아직 나도 죽었다는 것을 믿을 수가 없다. 어제까지 같이 말하고 웃던 당신들과 나 사이에 그어진 경계가 너무 낯설다.

뻣뻣하게 굳은 세포 속으로 냉기가 스미어 차츰 허옇게 얼어가는 냉동고지만, 당신들이 앉아 있는 영안실이 멀지 않다는 것만으로도 위안이 된다.

무슨 미련인가. 떠난 곳의 평가가 뭐 그리 중요하다고 나는 조문객 곁에 서성이며 귀를 기울이나. 육개장과 편육, 홍어회무침이 차려진 상 앞에서 당신들은 내 이야기를 한다.

상에 밥의 촌수가 차려지는구나. 먹는 양과 속도, 나누는 말의 내용에 따라 촌수가 달라지는구나. 사는 동안 맺은 관계에 놀란다. 가족으로는 아내, 엄마라는 관계, 친정 쪽으로는 딸, 조카, 고모, 이모, 이종사촌이라는 관계, 시댁 쪽으로는 며느리, 시누이, 형수, 조카며느리, 외숙모라는 관계로 촌수의 가지를 이리 많이 뻗고 살았다니. 친구가 찾아오고 글 쓰면서 만난 사람들이 찾아오고 글방에서 가르친 제자들이 찾아오고.

살아서의 버릇 버리지 못해, 제일 궁금한 건 글에 관한 얘기다. 누군가 유고집 한 권 내야 하지 않냐 하는 말을 하면 어쩌지. 컴퓨터에서 발표하지 않은 글을 찾았다가 나올 게 없다면 얼마나 망신이랴. 살아 있을 때 왜 치열하게 쓰지 못했나.

그러다 장례를 의논하는 소리를 듣자 다급해진다. 남편 곁에 바짝 다가가 소리친다.

"제발 화장은 하지 말아 줘. 뜨거운 불에 던지지 마. 얼마 동안 묻었다가 태우더라도. 마지막 소원이야."

듣지 못하는 남편은 소주잔만 기울인다.

모레

모레, 라는 시간이 나에겐 가장 두려운 시간이다.

내 것인 줄만 알았던 몸이, 냉동고에서 나올 때 소유권은 이미 내게서 떠났다. 오래 두면 부패할 '물건'으로 분류되어 지상에서 영원히 추방되는 날이다.

행여 풀고 나올까 봐 꼭꼭 동여매고도 모자라 못질까지 한 상자를 운구차에 싣는 시간이 이른 아침쯤 될까. 환한 얼굴의 사진 한 장, 영정사진이라는 이름으로 검은 띠 하나 두르고 호강한다. 그 종이쪽이 나를 대신해서 승용차에 오른다.

포클레인이 파놓은 구덩이에 꽝꽝 묻히는 데 몇 시간 걸리지도 않을 것이다. 그저께 숨 쉬고 말하고 걷고 휘둘렀던 육신이 나무토막처럼 굳어져 부리는 대로 들어갈 수밖에 없겠구나.

동그랗게 솟은 새 봉분 앞에서, 다들 첫날의 놀람이 진정되자 살아갈 일을 이야기하고 벌써 돌아간다, …간다. 해는 빨리 기울고 이내 어둠이 온다, …온다. 깜깜해진 무덤 속까지 어둠이 스밀까. 어느 산, 어느 들인지 모를 곳에 혼자 남는다, …남는다.

나를 위해 울었던 사람들이 집으로 돌아가 누운 시간에 무덤 속에서 말똥말똥, 나는 처음 맞는 밤을 어떻게 보내야 하나….

다시 오늘

'다시 오늘'이라고 써놓고는 안경을 벗는다. 활자가 흐릿해서 보이지 않는 컴퓨터 화면에서 눈을 뗀다. 숨을 몰아쉰다. 오늘, 내일, 모레 사흘을 헤매는 동안 잔뜩 긴장했었나 보다. 무슨 이유로 내 장례식에 관한 이야길 시작해서 '지레 죽는' 짓을 했는지 모르겠다.

그런데 쓰다 보니 죽고 난 다음에 그렇게 미련이 많을 줄 몰랐다. 저승사자가 왔다가 장광설에 짜증나 물러날 것 같다. 그래서 다시 맞은 오늘도 살아 있는 건가. 사는 동안엔 죽지 못해 사는 것처럼 불평하더니, 이리도 집착하다니.

하고 싶은 일이 많이 남아 있다는 것, 사랑하는 사람들이 많다는 것에 안심한다. 결국 오고 말겠지만 내게는 없을 언젠가의 사흘이 아직 있다는 것에 감사하다.

재깍재깍, 그 사이 오늘이 줄어드는 소리….

날아라, 새

마당에서 무언가에 걸려 넘어질 뻔했다.

죽은 새다. 참새보다는 크고 비둘기보다는 작은데 날개가 잿빛이어서 알아보지 못했다. 누가 왔다가 밟기라도 할까 봐 발끝으로 툭 쳐서 화단 쪽으로 밀어놓고 걸음을 재촉했다. 몇 발자국 가지도 않아 발에 방금 전 찼던 새의 감촉이 느껴졌다. 아무리 바빠도 발로 차버리는 게 아닌데.

집에 돌아와 눈밭에서 죽은 새를 찾았다. 직박구리였다. 얼어 죽었는지 굶어 죽었는지, 혹은 수명을 다한 건지 알 수 없었다.

몸통은 상한 데가 없는데 아주 가벼웠다. 한쪽 눈알도 없었다. 눈을 다쳐 날 수가 없었을까. 아니면 죽은 후에 다른 짐승을 탄 걸까.

직박구리의 날개를 펴 봤다. 망가진 부챗살처럼 주르륵 도로 접혔다. 오그라진 발가락 사이로 나뭇가지인 양 손가락을 넣어보기도 했다. 그러나 죽은 새는 그것을 움켜잡지 못했다. 이미 움직이지 못할 것을 알면서도 새를 세워보기도 하고 만져보기도 했다. 무엇이 내 마음을 잡아 한참이나 새를 손에서 내려놓지 못하게 하는지 알 수 없었다. 결국 도로 마른 풀섶에 놓고 들어올 거면서.

울타리 가 조팝나무에 앉아 있던 박새 몇 마리가 기척에 놀라 후다닥 다른 가지로 날아갔다. 먼발치 목련나무에 다닥다닥 앉아 얼핏 희고 검은 꽃처럼 보였던 까치들도 박새가 날자 일제히 날아올랐다. 나무는 꽃 진 가지로 남았다.

새는 늘 그랬다.

쫓을 생각이 없는데도 언제나 쫓겼다. 한번도 앉은 자리에서 편한 적이 없어 보였다. 눈동자를 불안하게 굴리면서 꽁지를 까딱까딱 까불리면서 도망갈 궁리부터 했다. 어쩌다 벌레 한 마리를 물고 있어도 편히 먹지 못했다. 새의 다리는 제 몸통을 지탱하기에도 턱없이 가늘어 앉아도 균형 잡기가 힘들어 보였다. 그나마 그 다리 없이는 어디에도 앉을 수 없을 텐데, 앉아 있는 시간마저 늘 쫓겼다.

하늘을 나는 새를 보면 자유로워 보인다고들 하는데, 내 눈에는 고단하게만 보였다. 공중에서 나는 시간이 더 많은 새. 둥지라고 해 봐야 알을 낳고 부화시키기 위한 임시처일 뿐, 밤에 들어가 잠잘 자리는 아니지 않은가.

나는 새를 보면 즐겁지 않았다. 새가 지저귀는 소리가 노래로 들리지 않고 울음소리로 들려서 귀도 닫고 싶었다.

나도 한때는 '비상'이라는 단어를 자유와 꿈의 상징으로 생각했다. 단단하고 넓은 날개로 어디로든 갈 수 있는 자유. 더 높이 오르려는 꿈. 바람에 저항해 맞서야 하는 것은 날갯죽지의 단련일 뿐, 그것이 시련이라고는 생각하지 않았다. 잠시 날개를 접은 새는 또 다른 도약을 위해 쉬고 있는 것이고, 새가 내는 소리는 노래라고 생각했다. 나는 '자유'로운 '비상'을 '꿈'꾸는 어린 새였다.

그러나 삶이라는 하늘은 늘 푸른 것만이 아니었고, 현실이라는 바람은 만만히 맞설 상대가 아니라는 것을 오래지 않아 알았다. 녹여버릴 듯 뜨거웠다가 무수한 바늘로 찌르듯 에였다가 어둠이 쉬이 걷히지 않는 밤도 되풀이되었다. 훈풍, 미풍을 만날 때보다 날개를 찢어버릴 것 같은 광풍을 만나 뒷걸음질 칠 때도 많았다. 어쩌다 쉴 만한 나무를 찾아도 더 큰 새에 쫓겨 다른 가지로 옮겨 다녀야 했다. 노래를 부를 여유가 없었다.

비상 속에 꿈이 있다는 것은 남보다 높이 올라가려는 욕심을 미화한 말에 불과하다는 것을 늦기 전에 알게 된 것이 오히려 다행이다 싶었다.

날개를 접어 버리니 마음이 편했다. 넓은 하늘이 아니라도 새장 속도 살 만했다. 먹을 게 있고 편히 잘 수 있으면 되지, 애써 바람과 대항할 필요가 있을까. 욕심을 버렸다고 생각하니 갈등도 없었다.

그런데 아침부터 발끝에 들러붙은 느낌, 집에 돌아와 굳이 죽은 새를 찾았던 이유, 그것을 한참 동안 손에 올려놓고 바라보았던 행동을 어떻게 설명한단 말인가. 직박구리는 이제 고단한 비행을 끝냈으니 편안해졌을 거라고 생각하면 그만 아닌가. 그렇다면 새가 살았던 동안이 온통 힘겨운 싸움이기만 했을까.

눈알이 빠진 새. 내가 한참을 바라보는 사이, 어느새 빈 그 자리에는 유채꽃의 노란 물결이 가득 출렁댔다. 통통한 애벌레가 꼬물꼬물 기고 있었다. 이삭이 널린 들판도 보였다. 깃털을 부비며 사랑을 나누는 몸짓과 알을 품는 모습, 새끼 새의 목구멍에 먹이를 넣어주는 부리도 보였다.

내가 만진 것은 죽은 새의 몸뚱이가 아니라 새가 살았을 때의 기록이었다. 날개를 펴고 날았을 때 깃털 하나하나에 새겨진 바람과 햇빛, 비와 눈의 기록들….

그것은 새장에 가두고 모이만 배불리 먹여 이미 퇴화하기 시작한 어린 새의 날개에도 희미하게 남아, 푸득, 푸드득 좁은 새장을 치고 있었다.

그 힘에 떠밀려 새장의 빗장을 풀었다.

밖에 나가니 새떼가 마당 한쪽에 버린 음식찌꺼기를 쪼아 먹다가 우르르 가지를 찾아 날아갔다. 한 가지에 잠시도 앉아 있지 못하고 또 다른 가지를 찾았다. 호기심과 동경으로 꽁지가 들썩거렸다. 뭐라고 저희끼리 수선을 떨더니 한꺼번에 다 날아가 버렸다. 죽었던 직박구리도 털고 일어나 함께 날아갔다.

어떤 놈인가 음표처럼 생긴 깃털 하나 떨어뜨리고 갔다.

4

1990 독산동 세 여자들

1990
독산동
세 여자들

그 여자의 두 얼굴

골목 상가 중간쯤 자리한 '선물의 집'은 이 층 양옥이었다. 아래층은 네 가구가 세 들어 있었다. 대문 안쪽으로 살림집이 둘 있었고 선물의 집과 문방구는 나란히 도로를 향해 있었다. 내가 세든 선물의 집 상호는 '비밀수첩'이었다.

대문을 통해 마당으로 들어서면 낮엔 얼굴을 볼 수 없는 아가씨가 자취하는 방과 계단을 가운데 두고 민수 할머니가 사는 방이 있었다. 할머니는 돌 지난 지 한참 된 민수를 등에서 내려놓지 않았다. 3대 독자 민수는 할머니의 자랑이고 긍지였다. 할머니는 손녀를 봐주러 온 친정엄마와 간간이 부딪쳤다.

"외손녀 백날 이뻐하면 뭐 하누. 제사상에 물 한 사발 올려줄 것도 아닌데. 차라리 방아깨비를 이뻐 하지."

엄마를 자극하는 말이었다. 남아선호사상을 비웃는 엄마가 민수 할머니 말을 그대로 넘길 리 없었다.

"흥, 죽고 난 다음 물 한 사발이 무슨 대수라고. 요즘은 딸 가진 부모가 먼저 비행기 탄다는 말도 못 들어 봤수?"

그러나 경기도보다 전세가 싸다는 독산동 골목에서, 그나마도 월세 사는 자식을 둔 어머니들이었다. 그 자식들이 언제 비행기를 태워 줄지는 까마득한 일이었다.

안채의 마당은 제법 넓었다. 마당 가운데엔 백목련과 자목련 두 그루가 있어 봄의 운치를 더했다. 4월에 이사한 나를 반기듯 눈부시게 화사한 백목련, 그리고 붓끝 같은 봉오리를 맺은 자목련이 좋은 예감을 주었다.

"잘 왔어. 넌 잘 해낼 거야."

마치 흔들리는 꽃가지가 첫걸음을 응원하는 것 같던 감상도 잠깐. 낮에는 꽃을 볼 시간이 없었다. 꽃을 가꾸고 감상하는 것도 마음에 여유가 있는 사람의 몫이었다. 다른 사람들도 살기에 바빠 꽃 같은 것은 눈에 들어오지 않는 모양이었다. 제법 굵은 두 그루의 나무는 빨랫줄을 매는 기둥 역할밖에 못했다. 세 든 사람들이 번갈아 이불을 너는 바람에 온전한 나무 형태를 보는 건 늦은 밤이나 되어서였다.

마당 구석에는 공동 화장실과 연탄 광이 붙어 있었다. 겨울이 되면 네 집이 좁은 광에 보이지 않는 선을 긋고 연탄을 들여놓았다. 별 다툼 없이 연탄을 쌓았던 것은 어느 집이나 많이 쟁여놓을 만큼의 여유는 없기 때문이었다. 일 층의 네 가구는 각각 방 하나에, 부엌이라고 할 수도 없는 옹색한 공간에 수도꼭지 하나가 달린 작은 싱크대를 놓고 살았다.

주인은 이 층 전체를 썼다. 시어머니와 남매를 둔 젊은 부부가 주인이었다. 가겟세를 내려고 올라가보니 넓은 거실에 놓인 검은색 가죽 소파와 88올림픽에 맞춰 나온 대형 금성 텔레비전이 눈에 들어왔다. 화려한 바로크풍 장식장에는 양주병이 즐비하고, 열대어가 유유히 헤엄치고 있는 수족관도 대형이었다. 큰 주방엔 대리석 싱크대와 오븐도 갖춰 있었다. 언뜻 보기에도 그릇이며 접시도 수입품 같았다.

값비싼 가구에 갖출 건 다 갖추었는데도 고급스럽기보단 과시하려는 느낌이 먼저 들었다. 왠지 단란해 보인다고 말하기엔 주저되는 집이었다.

주인 여자는 삼십 대 초반 같은데 아들이 벌써 중학생이었다. 아무리 생각해도 여자의 나이에 비해 그렇게 큰 아들을 둔 게 조금 이상했다. 여자는 짙은 화장에 보석을 종류별로 바꿔가며 걸쳤다. 하루는 금으로, 다음 날은 사파이어나

루비로. 원색이나 화려한 무늬의 원피스 차림으로 자주 외출을 했다. 화장과 보석이 아니었으면 눈에 띄지 않을 여자였다. 광대뼈가 도드라진 것인지, 콧대가 낮은 것인지 강퍅한 인상을 주었다. 웃는 얼굴을 본 적이 없어서 예쁘다는 생각이 안 들었는지도 모르겠다.

오히려 주인 남자가 세련되고 잘생긴 얼굴이었다. 부인하고 10년쯤 나이 차이가 나 보였지만, 후리후리한 키에 눈썹이 짙어서 젊은 남자에겐 볼 수 없는 중후한 매력까지 더해 보였다. 노량진 수산시장에서 경매 사업을 한다는데, 외모를 보면 그 남자가 경매하는 모습이 전혀 그려지지 않았다. 처음엔 배우 뺨치게 잘생긴 남자가 대문에 들어설 때마다 저절로 눈이 갔지만, 그 눈길이 경멸과 조소로 바뀐 건 얼마 지나지 않아서였다.

열흘이 멀다 하고 위층에서 여자의 비명과 가구 부수는 소리가 났기 때문이다. 남자가 주사가 심해서 걸핏하면 부인을 손찌검하는 모양이었다. 잘해야 나보다 서너 살 많아 보이는 여자가 쌀쌀맞은 데다 가겟세를 받을 때마다 상전처럼 구는 게 아니꼬웠던 터라 위층이 아무리 소란스러워도 내겐 관심 밖의 일이었다.

한바탕 소동이 일어난 날이면 뜻밖의 장소에서 여자를 볼 때가 종종 있었다. 밤중에 목련 나무 아래 쪼그리고 앉아 담배를 피우며 울고 있는 모습이었다. 무성한 나뭇잎에 가려서 아무도 못 볼 줄 알았을까. 어둠 속에 웅크린 여자는 낮에 본 모습과는 영 달랐다. 그런 날 나는 화장실에 가려던 걸음을 돌리곤 했다. 내가 여자를 본 것을 알면 더 비참해질 것 같아서였다.

동네에서 모르는 사람이 없을 정도로 주인 부부가 시끄럽게 부부싸움을 하고 난 다음엔 기이한 일이 벌어졌다. 새 가구가 들어가고, 여자의 목엔 새 목걸이가 번쩍이곤 했다. 바로크풍 가구가 오크 원목으로, 금목걸이가 진주로…. 싸운 것도 기념할 일인지 두 사람이 한껏 성장하고 외출하기도 했다. 도무지 풀 수 없는 수수께끼 부부였다.

그렇게 주인 부부가 싸운 날 밤에 숨어 우는 여자를 몇 번 보자, 오랫동안 생각해 본 적 없는 어떤 기억이 떠올랐다. 기억의 수면 위로 불쑥 얼굴을 내민 또 다른 여자였다. 아니, 그 여자 남편인 인숙이 아빠의 얼굴이었다.

초등학교에 입학할 무렵 한 집에 세 들어 살던 옆 방 식구였다. 부부를 인숙이 엄마, 아빠로 기억하는 것으로 봐서 세 식구였던 것 같은데, 나보다 한두 살 적었다는 것 외에는 인숙이란 아이는 떠오르지 않는다. 그때 우리 집과 인숙이네, 그리고 돌 지난 정석이네까지 세 가구가 제약회사 사장님 집에서 살았다. 옥수동의 600평 가까운 저택을 별장 삼아 사놓기만 하고 비워놓은 상태라서 우리가 관리인으로 들어간 집이었다. 축대가 높고 정원에 과수원과 온실까지 있는 큰 집에서 엄마는 자주 가위에 눌렸다. 공동묘지를 허물고 지은 집터란 소문을 들은 후부터였다. 어스름만 되면 집이 무섭다고 밖에 나와 아버지를 기다렸다. 그래서 같은 회사 직원인 인숙이네와 정석이네가 이사를 왔다.

인숙이 아빠는 어린 내 눈에도 잘생긴 남자였다. 사장님 운전사라 늘 말쑥한 양복 차림에 몸에 밴 듯 정중했다. 아저씨는 나에게도 무척 친절했다. 나는 아버지가 다니는 회사 근처 초등학교에 입학했다. 아침마다 아저씨가 운전하는 자가용을 타고 학교에 갔다. 사륜구동 지프가 내가 처음 타본 승용차였다. 번쩍거리는 자가용을 타고 어린이조선일보를 읽으면서 학교에 가는 동안, 내가 부잣집 딸인 것 같았다. 그러나 신문은 아저씨가 사장님 딸이 구독하는 신문을 모았다가 준 것이라 날짜가 지난 것이었다. 아저씨를 따라나서느라 학교에 제일 먼저 도착했기 때문에 교실은 잠겨 있었다. 자가용에서 내리는 것을 봐줄 친구들이 없었다. 그래도 반에서 신문을 가진 아이는 나뿐이어서 우쭐했다. 나는 신문을 챙겨주는 아저씨가 고마웠다. 아니, 아버지보다 젊고 잘생긴 아저씨가 아빠였으면 좋겠다고 생각했다.

그렇게 동화처럼 잘 마무리된 기억을 찢고, 20여 년 만에 생각지도 않았던 인숙이 엄마가 산발한 모습으로 떠오르다니…. 인숙이 엄마의 얼굴은 온전치 않았다. 눈두덩이 퍼렇게 멍들고 입술은 터져 있었다. 아주머니는 월남치마가 반쯤 벗겨지고 맨발인 채로 정원 한쪽 배나무 과수원으로 달려갔다. 그 뒤를 아저씨가 바짝 따라붙었다. 오른손에 든 절굿공이! 아주머니가 비명을 질렀다. 엄마와 정석이 엄마가 아저씨를 말리려고 달려갔다. 그러나 아저씨가 휘두르는 절굿공이 때문에 아저씨를 잡지 못했다.

"인숙이 아버지, 참아욧!"

"이러다 사람 죽겠어욧!"

두 여인이 앞다퉈 소리를 질렀다. 이미 절굿공이는 넘어진 아주머니를 향해 내리꽂히는 중이었다.

"잘됐다, 네년. 여기선 너 하나쯤 패 죽여도 모를 것이다."

아저씨가 쩌렁쩌렁 소리를 질렀다.

친절하고 다감했던 그 아저씨가 아니었다. 눈에 핏발이 서서 금방 뻘건 물이 줄줄 흐를 것 같았다. 동화책에서 본 도

깨비가 저럴까.

실신한 아주머니를 엄마와 정석이 엄마가 안방으로 데려
왔다. 찢어진 입술에 물을 축여주자 얼마 후 정신을 차렸다.
밖에서 한참 동안 분을 삭인 인숙이 아빠가 들어와 안방을
기웃거렸다. 그런데 남편을 본 인숙이 엄마의 표정은 믿을
수 없이 덤덤했다. 아저씨를 처음 본 것처럼 물었다.

"근데, 아저씨 누구세요?"

정말 몰라보는 것 같았다. 그러자 아저씨가 달려와 아내를
끌어안고 소리 내어 울기 시작했다.

"여보, 내가 잘못했어. 정신 차려, 제발."

아주머니는 옆 방 사람들도 몰라봤다.

"여기 어디예요? 아주머니들은 누구세요?"

아저씨가 절굿공이를 휘두를 때보다 멍한 얼굴로 방 안을
둘러보는 아주머니가 더 무서웠다. 말로만 들었던 미친 여자
가 된 것 같았다.

아주머니는 며칠 만에 정신이 돌아왔다. 아저씨가 싱글벙
글 웃으면서 바나나를 다발로 사왔다. 내게도 생전 처음 본
바나나 한 개가 손에 쥐어졌다. 그런데도 곁에 있었을 인숙
이는 여전히 떠오르지 않는다.

그런 일은 한 번으로 끝나지 않았다. 아버지와 정석이 아

빠가 있을 때도 인숙이 아빠는 소동을 피웠다. 그 후로 나는 새벽에 일어나기 힘들다는 핑계로 자가용을 타지 않았다. 만원 버스를 타고 학교에 갔고, 어린이신문 때문에 주위를 에워싸던 친구들도 없었다.

그런데 어째서 나는 기억을 왜곡하고 있었을까. 고급 승용차와 어린이신문, 바나나의 이국적인 맛…. 그것들이 맛보게 한 신분 상승의 착각. 그 때문에 꽃으로 넘쳐나던 정원에서 숨바꼭질하고 소꿉놀이하며 같이 놀던 인숙이도 지워버렸을까. 피투성이가 된 인숙이 엄마도 지워버리고 내 전용 기사였던 양 운전사 박 씨 아저씨만 그럴싸하게 포장해서 남겨 놓았을까.

어렸을 때 목격했던 인숙이 아버지의 폭력과 주인 남자의 폭력은 너무도 닮아 있었다. 다음 날 폭력의 흔적을 얼굴로 증명하는 여자들도 데자뷰 같았다. 1968년도의 바나나가 1989년엔 보석이나 가구로 업그레이드된 차이밖에는….

골목은 마치 광장 같아서 다음 날이면 동네 사람들이 그 사실을 다 알았다. 사람들은 아는 것과 들은 것과 짐작한 것을 섞어 극적인 시나리오로 만들어 돌렸다.

사실을 확인할 수는 없지만, 여자가 다방 아가씨였는데 스무 살도 안 된 어린 나이에 주인집 남자를 만나 임신을 했고, 결혼했단다. 중학생 아들의 엄마라기엔 너무 젊어 보였던 여자에 대한 궁금증이 풀렸다. 결혼에 대한 의견도 분분했다. 남자가 '잠깐 데리고 논 것'이고 결혼할 생각은 처음부터 없었다고 했다. 그런데 임신한 여자가 '물고 늘어졌으며', 남자의 어머니가 아들에게 우격다짐해서 자식이 뿌린 씨를 거둔 것이라도 했다. 그런데 여자가 살림은 등한시하고 밖으로 나돌며 카바레 출입을 하거나 노름을 한다는 것이었다. 더구나 시어머니가 일군 재산 덕에 사치스럽게 살면서도 시어머니를 나 몰라라 하니 아주 '근본 없는' 여자라고 했다.

모든 정황은 여자에게 불리했지만, 그저 뜬소문 같지만은 않았다. 주인집 할머니는 비척대는 걸음으로 나와 온종일 우리 가게 앞에 쭈그리고 앉아 시간을 보냈다. 할머니는 그 골목에서 가장 나이가 많았다. 허옇게 센 머리에 지팡이를 의지하고 나오는 할머니가 동네에서 유일한 노인이었다. 잘생긴 아들을 낳은 어머니답게 귀티 나는 흰 피부와 복스럽게 늘어진 귓불로 얼굴이 훤했지만, 나일론 몸뻬를 입은 할머니는 누가 봐도 부잣집 노인으론 보이지 않았다.

내가 신경을 곤두세우는 것은 주인집의 잦은 싸움도 할머니의 입성도 아니었다. 할머니가 종일 우리 가게 앞의 공간을 차지하고 있다는 사실이었다. 추레한 할머니가 유리 진열장을 가리고 앉아 있으니 손님이 오다가도 돌아갈 일이었다.

그런데도 불만을 말할 상대가 없었다. 친정엄마는 할머니만 보면 뭐든 가지고 나와 자리를 폈고, 문방구 영희는 제 집으로 모셔다 밥을 차려 드렸기 때문이다. 아무것도 챙기지 않으면서 할머니가 장사를 방해한다는 말을 하면 나만 인정머리 없는 사람으로 몰릴 게 뻔했다. 동네 사람들이 먹을 것을 챙길 때면 할머니는 손사래를 치면서 사양했다.

"나 조금 전에 밥 먹고 나왔어. 집 안에 있으면 갑갑해서 사람 구경하러 나오는 거야."

간밤에 동네 사람이 다 깰 정도로 요란하게 부부싸움을 한 아들네에 대해선 절대 말하는 법이 없었다. 며느리의 잦은 외출을 흉보는 적도 없었다. 할머니에겐 초라하다고만 볼 수 없는 위엄이 있었다.

하루는 영희가 혀를 차며 말했다.

"할머니가 나한테 짜장 라면 끓이는 방법을 묻더라."

"할머니 세련되셨네. 우리 엄마는 라면도 안 드시는데 짜장 라면을 드신다니. 손주들 끓여주려고 그러나?"

내가 별생각 없이 말하자 영희가 발끈했다. 영희는 가끔 남의 일도 제 일처럼 발끈하곤 했다.

"모르는 소리 좀 하지 마. 그 집 식구들이 할머니만 두고 피서 떠났어. 근데 먹을 거라곤 짜장 라면 하나밖에 없더래. 짜장 분말을 넣고 볶아야 하는데, 라면 수프처럼 물에 풀었다고 하서."

"주인네 이번 싸움 결말은 여행인 거야?"

"아니, 지들끼리 싸우고 화해인지 뭔지 한답시고 여행을 갔다 해도 그렇지, 며느리가 노인네 드실 것은 해놓고 가야 하는 거 아니니?"

그 말을 하면서 영희는 노골적으로 주인 여자에게 적의를 보였다.

"그러니 남편한테 매를 맞지."

그러나 내 생각은 달랐다. 그게 맞아야 할 이유일 수는 없었다. 만일 주인집 여자가 시어머니를 구박한 게 맞을 짓이라면, 아들인 남자는 왜 제 어머니를 방치하는 것일까. 가족이 외식하러 갈 때도 할머니를 모시고 가는 것을 본 적이 없었다. 부잣집 할머니를 동네 사람들이 십시일반으로 거두는 것을 알기나 할까. 그는 효자여서 아내를 혼내는 것이 아니라 그저 폭력을 일삼는 가장일 뿐이었다. 게다가 어떤 성향이라고 분류조차 할 수 없는 변종이었다.

부부싸움의 의례적 절차인 양 부부가 차려입고 나서는 걸 본 날, 영희와 나는 입을 다물지 못했다. 하얀 모시 한복을 커플 룩으로 입었던 것이다. 젊은 여자가 모시 한복을 입어도 눈에 띌 판인데, 남자가 한복까지 입은 걸 보니 아무래도 남의 시선을 즐기는 게 아닐까 싶었다. 영희와 나는 눈빛으로 뒷담화를 했다.

　'저 정도면 정상은 아니라고 본다, 난.'

　'그러게, 이젠 어디가 잘생겼나 싶다. 외려 모자란 거 아냐?'

　'지들이 이 골목 스타인 줄 아나 보지. 마치 조명이라도 받는 듯한 저 표정 좀 봐.'

　'정말 인물값 못 한다.'

　'대신 꼴값은 하잖아.'

　여자가 한복에 어울리지 않는 커다란 선글라스를 쓴 모습은 우스꽝스럽기보단 짠하기만 했다. 저고리 소매 속의 팔뚝은 깁스를 한 상태였다. 비싼 모시 한복이 깁스를 가리기 위한 천 쪼가리로밖엔 보이지 않았다.

　그러나 여자는 고개를 쳐들고 눈을 내리깐 채, 입술 끝에 힘을 주고 있었다. 도도하고 거만한 표정을 연기하는 배우처럼. 마치 동네에서 다 아는 폭력을 우리 집 일이 아니라는 듯. 나는 그런 여자를 이해할 수 없었지만 남자는 더 이해할 수 없었다. 세상에 없는 애처가처럼 아내의 허리를 두르고 골목에 나타났으니 말이다. 당연하다는 듯 에스코트를 받는 부인이 호흡을 맞추는 바람에 골목은 일순간 연극 무대가 된 것 같았다. 그들이 시내 쪽으로 빠져나가면서 연극의 한 막이 내렸다.

1막이 폭력이었다면 2막은 화해가 전개될 참인가. 그러다 내가 본 것은 다음 막이 오르기도 전 막간에 뛰어든 여자 배우였다.

자정 넘은 시간에 가로등 뒤에서 불쑥 튀어나온 여자가 주변을 살피더니 우리 가게에서 대각선에 있는 미장원으로 빨려들 듯 들어갔다. 간판 조명을 끈 가게 앞에 서 있는 나를 못 본 모양이었다. 소문대로 전문적인 '노름판'에 가는 것인지, 단순히 고스톱 친구를 만나러 가는 것인지는 알 수 없었다. 그러나 경계심으로 떠는 몸짓이 조금 떨어진 거리에서도 고스란히 느껴졌다. 귓속에서 불안을 조성하는 음울한 음악이 들리는 것만 같았.

짐작하자면 제3막은 좀 더 와일드한 폭력물일 듯싶었다. 미장원 여자와 어울려 카바레에 가거나 화투를 친다는 소문이 맞는 것 같았다. 그 후로도 그 여자의 밤 외출을 자주 목격했으니까.

　동네 사람 누구도 대놓고 비난하진 않았지만 아무도 그 여자의 편이 되어주진 않았다. 오히려 코가 꿰어 결혼한 남자를 두둔하는 것으로, 잘사는 여자에 대한 시샘을 해소하는 분위기였다. 인물도 별로인 여자가 잘생기고 돈 많은 남편하고 사니 복이 많은 여자라고들 했다. 그러면서 앞에다 꼭 붙이는 것이 '매 맞는 것만 빼면'이었다. 시어머니를 홀대하는 것에 분노한 중년층들은 앞다퉈 할머니를 대접하면서 할머니도 안 하는 남의 며느리 흉보기를 은근히 즐기는 것 같았다. 나도 마찬가지였다. 친정엄마가 의자까지 내놓고 할머니와 종일 수다를 떨어도 싫은 내색을 하지 않는 것으로 할머니 편에 선 기분이었다.

　그러나 시간이 흐를수록 의혹이 생겼다. 어째서 사람들은 '매 맞는 것만 빼면'을 전제하고 여자를 말할까. 손에 물 한 방울 묻히지 않는 귀부인이 보석을 휘감고 다닌다고 해서 복이 많다고 할 수 있을까. 그 여자의 삶을 증명하는 것은 실크 원피스가 아니라 멍든 얼굴이 아닌가. '매 맞는 여자'라는 게 그 여자를 설명할 한 줄 요약인데 말이다. 주인집 여자가 내 앞에서 짓는 오만한 표정보다 한밤에 쪼그리고 앉아 우는 뒷모습이 더 많이 생각났다.

그럴 때마다 인숙이 엄마가 동시에 떠올랐다. 배나무 아래, 혹은 온실에서 소리 죽여 울고 있을 것 같은 모습이었다. 어렸을 때는 생각지 못했던 폭력의 이유가 궁금했다. 그러고 보면 아저씨는 곧잘 자기를 사장으로 착각하는 사람이 많다는 말을 하곤 했다. 떡 벌어진 어깨에 포마드로 넘긴 머리, 깔끔한 양복 차림인 그가 체구가 작은 사장보다 눈에 띄는 건 당연한 일이었을 게다. 사장님이라며 깍듯하게 인사하는 사람들 앞에서 허세를 부리다가 집에 오면 남루한 현실에 화가 치밀었던 걸까. 그도 처음엔 아내 앞에서 거들먹거리기만 했다. 그러다 점점 군림하기 시작했고, 한두 번 뺨을 때리는 것을 시작으로 폭력의 강도가 더해갔다.

주인집 남자가 어떤 식으로 변해갔는지는 알 수 없었다. 다만 폭력의 수습으로 아내에게 용서를 비는 것은 비슷했다. 그것은 아내뿐 아니라 이웃의 눈을 속이려는 몸짓이었다. 사람들에겐 남의 집 부부싸움은 건넛마을 불구경이었다. 평소에는 점잖고 예의 바른 사람이 어쩌다 한 번 '욱'한 것에 관대했다. 부부가 예전처럼 지내는 것을 보고는 "그러게 뭐랬어, 부부싸움은 칼로 물 베기라니까" 했다.

한동안 동네가 잠잠하다가 뉘 집에서 투덕거리는 소리가

들리면 기다렸다는 듯 새로운 소문을 피워내기에 바빴다. 그것도 가랑잎에 붙은 불인 양 이내 꺼지곤 했다.

어느 날 다희 엄마에게 물었다. 한밤중에 동네에서 일어나는 비밀스러운 스토리를 많이 알고 있는 다희 엄마였다.

"우리 집 주인 여자는 친구가 장미미장원 여자밖에 없는 것 같지?"

"그런 모양이야. 며칠 전에도 둘이 새벽에 택시 타고 들어오던데."

"근데 밤에 어딜 그렇게 다니는 걸까? 남편이 껀수 잡았다고 또 때릴 텐데. 그걸 뻔히 알면서도 말이지."

"남의 사정을 누가 알겠어? 근데 그게 왜 궁금해?"

"궁금하기보다는 걱정도 되고 이해가 안 되니까 하는 말이지."

"그 여자가 언제 이해해달라고 했어? 모른 척했으면 끝까지 모른 척해. 이 동넨 남의 집 일에 너무 관심이 많아."

그 말에 할 말이 없었다.

나도 동네 사람들의 호기심에서 더한 게 없었다. 걱정이니 이해라는 말도 포장을 벗기면 호기심이 그 알맹이였다.

그 후 내게 달라진 것이 있다면 밤에 그 여자가 목련 나무 아래에서 울면서 담배를 피우고 있어도 돌아서지 않는 것이었다. 굳이 인기척을 조심하지 않고 화장실에 갔다. 여자는 낮에도 그랬듯 나를 보지 못한 것처럼 굴었다.

삐끗 벌어진 화장실 문틈 사이로 목련 나무 아래에서 반딧불이가 계절도 없이 껌뻑거리는 게 보였다.

온 동네가 키운 아이

선물의 집을 오픈하고 일 년쯤 되었을 때, 대로변에 아트 박스 가맹점이 들어섰다. 규모나 품목, 진열 상태가 골목 안 선물 가게와는 비교도 할 수 없는 대형 매장이었다. '아트' 를 '박스'에 담겠다는 발상 자체가 대단한 일이었다. 예술이 더는 추상적 개념이 아니었다. 손에 쥐고 싶게 하는 아기자 기한 물건들로 사물화 할 수 있는 것이 되었다. 다양한 선물 종류와 문구류, 잡화가 그 매장(박스)에서는 아트였다.

문구용품을 '팬시'라고 부르게 된 것도 아트박스가 생기 면서부터였다. 문구류가 학습용을 넘어 소유하고 싶은 소품 이 되었다. 나도 아트박스에 가면 바로 나오지 못했다. '바른 손'이나 '모닝글로리' 같은 팬시 물품만 따로 진열한 코너도 있었다. 어느새 내 손엔 편지지며 노트 같은 것이 들려 있었다. 선물의 집 주인조차 그러니 학생들의 발걸음이 그곳으로 향하는 것은 자명한 일이었다.

얼마 지나지 않아 가게 매상이 급격히 떨어지기 시작했다. 문방구는 일반적인 문구류가 꾸준히 팔려 큰 타격을 받지 않았다. 그러나 선물의 집은 가겟세 내기도 빠듯해졌다. 첫해 같기만 하면 불 일 듯 금방 일어날 줄 알았는데, 호시절은 잠깐이었던 걸까.

대적할 수 없는 대형 매장의 등장에 속수무책으로 하루하루를 보낼 때였다. 불안과 초조가 병이 되었는지 복통을 일으키는 일이 몇 번 있었다. 입원까지 하고 보니 이대로는 안 되겠다 싶었다. 양품점을 겸하기로 했다. 새벽에 도매시장을 다녀오는 게 힘들었지만 가게는 차츰 안정을 찾기 시작했다.

그날도 새벽에 일어나 조용히 방에서 나왔다. 등 하나만 켠 가게 안은 낮 동안의 분주한 일상을 화장 지우듯 지우고 깊은 잠에 빠져 있었다. 옷들도 팔을 늘어뜨린 채 무장해제. 고요했다. 골목에서 개 짖는 소리조차 들리지 않았다. 반품할 옷 몇 가지를 개켜 가방에 넣고 손님이 주문한 옷 목록을 적는데 등 뒤에서 기척이 느껴졌다. 방문에 달린 공책만한 유리창에 바짝 얼굴을 대고 가만히 내다보고 있는 딸아이. 언제 깬 걸까. 눈이 마주치자 아이가 벌쭉 웃었다. 바로 나서야 남편 출근 전에 돌아올 수 있는데, 다시 재우지 않고는 집을 나설 수가 없었다.

방으로 들어와 아이를 눕히고 귀에다 소곤거렸다.

"엄마 시장에 갔다 와야 해. 아빠랑 자고 있으면 얼른 갔다 올게. 올 때 네 담요 사 올게."

"호랑이 비비?"

호랑이 모양의 침낭을 사다 주겠다는 말을 잊지 않고 있었다. 그 속에 들어가면 호랑이가 지켜주어서 무서울 게 없다는 말에 호기심을 보이며 비비, 비비를 노래하던 딸. 말이 더딘 아이는 담요가 베개인 줄 알고 비비라고 불렀다.

그 말에 아이의 잠은 더 멀리 달아났다. 그럼 얼른 갔다 오라고 했다.

"네가 자야 가지."

"응, 나 코~ 자께. 엄마는 빠리 시장 가."

재우지도 못하고 못미더운 마음으로 일어섰다.

골목을 비추는 파리한 가로등 불빛. 적막을 깨는 발소리. 걸음마다 밟히는 건, 유리창에 코가 납작하도록 붙이고서 엄마를 배웅하는 아이의 눈동자. 그리고 애써 웃으려는 입꼬리.

그러나 그것도 잠시. 시장에 들어서면 새로 진열할 옷가지를 고르느라 정신이 없었다. 늦기 전에 가야지, 하면서도 점점 시장 안으로 들어서기 마련이었다. 뛰어다니다시피 장을 본 후 택시를 타고 돌아와도 남편은 이미 출근한 후. 그도 나를 기다리다 지각할 시간이 임박해서 갔으리라.

그런데 방에도 가게에도 아이가 보이지 않았다. 아이의 베개가 토한 흔적으로 얼룩져 있었다. 놀라서 다급히 밖으로 뛰어나왔다. 다행히 앞집 채소가게에서 놀고 있었다.

"애 아빠가 걱정하기에 여기 두고 출근하라고 했지. 앞으론 도매시장 갈 때 미리 얘기해. 우리가 살필 테니."

아주머니에게 몇 번을 감사하다고 하고는 아이를 안고 돌아와 세수를 시켰다.

"엄마가 가고 나서 바로 안 잤어?"

"무서워쩌. 안 울려고 했는데 짜꾸 눈물이 나쩌."

"니 아빠는 애가 옆에서 토하도록 우는데 그것도 모르고 잤다니?"

"엄마, 화나쩌? 내가 안 자서?"

내 목소리가 퉁명스러웠는지 아이가 겁먹은 소리로 물었

다. 한번 잠들면 옆에서 꽹과리를 쳐도 모르는 남편에게 화가 났다. 아니, 그보단 혼자 울었을 아이 생각에 목구멍이 뜨거웠다. 세 살짜리 아이가 견뎌야 했던 어둠의 공포. 가난한 엄마는 주고 싶은 것을 못 주어서 마음 아픈 게 아니었다. 주고 싶지 않은 것, 주지 말아야 할 것을 줄 수밖에 없다는 것이 아플 뿐.

낮엔 아이가 어디서 노는지 확인하지 않아도 걱정이 없었다. 다희와 정훈이가 있어서 잘 놀았기 때문이었다. 아이가 아침에 눈을 뜨면 제일 먼저 하는 일이 정훈이를 불러대는 일이었다.

"정훈아, 두구!"

정훈이가 벽 너머에서 듣고는 기다렸다는 듯 달려와 분홍색 에나멜 구두를 신겨주었다.

"내 방가."

앞뒤 없이 한마디만 해도 플라스틱 가방을 찾아다 손에 쥐여 주었다. 아무리 봐도 심하다 싶을 만큼 정훈이를 부려먹었지만, 정훈 엄마는 오히려 더 신속히 대령하라고 채근까지 했다.

"아니, 자기 아들을 옆집 딸 머슴으로 보내는 엄마가 어디 있어?"

내가 미안한 마음에 말리려고 하면 한수 더떴다.

"남자는 모름지기 여자를 여왕처럼 모실 줄 알아야지, 저 잘났다고 꼭대기에 앉아서 부리는 놈은 사내도 아녀."

딸을 돌봐주는 사람이 또 있었다. 문방구 옆 수정목욕탕 아주머니들이었다. 세신사 아주머니가 놀이터에서 흙장난하고 놀다 더러워진 아이를 번쩍 안아다 씻겨주곤 했다. 볼이 발개서 요구르트병에 꽂은 빨대를 빨며 들어오는 날은 목욕을 시킨 날이었다.

"아줌마 일도 힘드실 텐데 제 아이까지 신세 져서 어째요?"

"아유, 조 쪼고만 게 씻길 게 뭐 있다구. 손바닥으로 두어 번 문지르면 세수 끝나는 걸, 뭐. 애기 엄마, 신경 쓰지 마."

목욕탕 주인아주머니도 아이를 귀여워했다.

"우리 딸은 어렸을 때 가위질을 하면 눈을 찡그리면서 가위 따라 입도 벌렸다 다물었다 해서 얼마나 웃었는지 몰라. 근데 애는 야무지게 가위질을 하네. 눈도 깜빡이지 않고."

아주머니는 아이를 카운터에 앉히고 색종이를 주며 데리고 놀아주기도 했다. 어느 날은 내게 와서 한참 웃었다.

"우리 목욕탕 앞이 몽마르트르 언덕인 줄 몰랐네. 천재 화가가 나타났거든."

나는 아주머니 등 뒤에서 나온 딸을 보곤 할 말을 잃었다. 여름이 다 되어서야 겨울옷을 정리할 때였다. 좁은 방에서 정리하다 보니 먼지가 나서 나가서 놀라고 한 참이었다. 그런데 어느 틈에 상자에 담은 겨울 코트를 꺼내 입고 스케치북을 옆구리에 끼고 나간 모양이었다. 고개를 외로 꼬고 어슬렁거리는 모습이 예술가 같다고 했다.

"어휴, 지 엄마가 게을러서 이제야 겨울옷 들여놓는다는 것을 사방에 알리고 다녔네요."

아주머니는 내가 아이를 야단칠까 봐 유쾌하게 웃으면서 말했다.

"예쁘고 영리한 딸 둔 거 고맙게 생각하고 잘 키워. 나중에 크게 될 애니까."

수정 아주머니는 매사 긍정적이고 덕담을 잘했다.

아이 하나를 키우려면 마을 하나가 다 동원된다는 말은 독산동 골목 동네를 두고 하는 말 같았다. 딸이 새벽에 깨서 울던 날 이후로 내가 새벽 장에 가는 날은 문방구나 채소가게에서 몇 번씩 와서 깼는지 확인하고 보살펴주었다. 낮에도 찻길에서 노는 아이가 위험할까 봐 지켜보는 눈이 한둘이 아니었다.

그러나 일주일에 두어 번은 시장에 가야 하는데 매번 신경쓰게 하는 것도 못할 일이었다.

고민 끝에 딸을 데리고 가기로 했다. 이민 가방에 태워 장을 돌면 될 것 같았다. 빈 가방일 땐 유모차 삼아 싣고 다니다가 옷이 채워지면 아이도 가방에서 나와 걸어야 했다. 그때마다 인절미를 사 주었다. 그러곤 먹는지 마는지 살필 새도 없이 장을 돌았다. 인절미는 잠든 채 업혀서 시장에 온 아이의 첫 끼니이거나, 장 보는 엄마 곁에서 기다리며 베어 먹었던 시간이었다.

제 걸음으로 엄마를 따라다니려면 몇 배나 더 걸어야 하는데도 한 번도 칭얼거리거나 안아 달라고 한 적이 없었다. 복잡한 시장통을 누비려면 어른의 몸으로도 이리저리 부딪치기 마련인데 아이를 잃어버린 적도 없었다. 오히려 어른들 다리로 빽빽한 정글을 잘도 헤치며 따라다녔다. 한참 옷을 고르다 옆을 보면 가방 옆에 딱 붙어 서서 인절미를 오물거리고 있었다. 다른 가게로 옮길 때면 옷 봉투를 잃을세라 챙기기까지 했다. 그러다 눈이 마주치면 벙긋 웃으면서 말했다.

"엄마. 옷 봉뚜 여기 이쩌. 내가 잘 지켜쩌."

그 말에 마음이 아렸다. 행여 집에 혼자 두고 나올까 봐 저도 한몫한다는 것을 보여주려고 애쓰는 게 보여서.

"엄마, 남바나 치마도 사야지. 어제 슈퍼 아줌마가 사러

와따 그냥 가쩌. 내가 내일 오라구 해쩌."

빠진 품목을 챙기기도 했다. 아이는 내가 잠깐 가게를 비웠을 때도 손님을 놓치지 않았다.

"요게요, 젤 유행이다요. 이래 이래 입는 거들랑요."

'람바다 치마'라고 해서 겹쳐서 끈으로 묶는 치마를 보여주면서 입는 시늉까지 했다.

그 얘기가 골목에 퍼지자 화장품가게 지수가 나를 보면 하는 말이 있었다.

"엄마보다 백 배 낫네. 얘한테 경제권 넘기는 게 어때?"

그 말조차 내 가슴엔 못이 되어 박혔다.

자가용 대신 바퀴 달린 가방부터 먼저 탔던 아이, 가방을 밀면 주르르 달리는 게 재미있다고 까르르 웃던 아이, 옷을 들고 어떤 게 좋으냐고 물으면 딴엔 심각한 표정으로 정해주고는 그것을 사면 손뼉을 치던 아이….

장보기가 끝나면 가방에 다 넣지 못한 봉투가 몇 개. 한 손엔 가방끈을, 다른 손엔 봉투를 들고 나면 딸을 잡아줄 손이 없었다. 손이 두 개인 게 원망스러웠다. 아이는 엄마 손 대신 치맛자락을 꼭 움켜잡았다. 그렇게 짐이 많아도 돌아오는 길엔 버스를 탔다. 버스 첫차보다 일찍 나가는 새벽엔 어쩔 수 없이 택시를 탔지만, 돌아올 땐 택시비가 아까웠기 때문이다.

버스에서 내려 6차선 도로를 건널 때, 한 손엔 커다란 가방을 들고 어깨엔 하나로 묶은 봉투를 둘러메고, 남은 손으론 아이를 안고 신호등이 바뀔세라 뛰었다. 어디서 그런 힘이 나오는지, 슈퍼우먼이 되는 순간이었다.

내 목덜미를 감은 딸의 팔에서 따뜻한 감촉이 전해졌다. 뛰고 싶은 마음만큼 뛰어지는 건 아니어서 다리가 자꾸 처졌다. 그래도 마음은 한없이 벅찼다. 날 것만 같았다.

6차선 도로 너머에서 분홍빛 아침노을을 걷으며 막 올라온 햇살이 부챗살처럼 퍼지는 시간, 아이의 높고 맑은 웃음소리가 고막을 간질이곤 했다. 허벅지에 감겼다가 펄럭이는 치맛자락이 깃발처럼 신나게 나부꼈다. 오늘의 깃발이 막 게양되는 참이었다.

"자, 또 하루를 시작하는 거야!"

저에겐지 나에겐지 구령처럼 외쳤다. 그 말에 아이가 발음도 정확하게 대답했다.

"엄마, 파이팅!"

딸은 세 살, 엄마는 서른 살이었다.

진짜 철수가 나타났다

학교가 개학을 하면 문방구가 제일 바쁘긴 하다. 여름방학 동안 개점휴업이나 다름없던 문방구는 개학과 함께 생기를 띠기 시작했다. 등하교 시간에는 문구류를 팔고 틈틈이 배달 온 물건들을 받느라 종종걸음인 영희하고 얘기를 나눌 새가 없었다. 그렇지만 일주일에 서너 번은 만났던 '퇴근 후 맥주 타임'에도 점점 발길이 뜸해진 것은 전에 없던 일이었다. 아무리 힘들고 지쳐도 셋이 만나 한잔하면서 이야기 나누는 맛에 산다던 영희였다. 우리가 잘 먹는 게 보기 좋아서 야식 만드는 것도 신이 난다던 영희였다. 우리가 자주 만났던 것도 영희가 먼저 불렀기 때문이다. 그러던 영희가 피곤하다, 바쁘다는 이유로 일찍 셔터를 내린 후엔 얼굴을 비치지 않았다. 처음엔 아픈 게 아닐까 걱정했지만, 낮에 본 영희는 여느 때보다 더 활기차 보였다.

"아무래도 수상하지?"

"무슨 일 있는 것 같지?"

지수와 나의 관심은 영희에게 쏠렸다.

"언제부터일까?"

"여름방학 땐 잘 만났잖아? 아, 휴가 다녀오고 나서 좀 달라졌다."

"그래, 며칠 동해안에 갔다 왔지?"

우리의 추적은 영희가 방학 때 여행 다녀온 것까지 좁혀졌지만 거기서 막히고 말았다.

"안 되겠다. 날 잡아 심문하자."

그렇게 모처럼 셋이 뭉친 날이었다.

"요즘 골목에서 정훈 엄마 혼자만 바빠."

"그야 개학을 했으니까."

영희는 슬쩍 넘어가려고 했다.

"얼렁뚱땅 넘어가려고 하지 마. 문방구는 해지면 한산해지는 걸 누가 모를까 봐."

"그러게. 우리야 퇴근하면서 들르는 손님들 때문에 바쁘다만 문방구는 학생들 하교하면 손님도 별로 없잖아."

"요즘 뭐 다른 일 해? 투 잡?"

"밤에 알바로 하는 일 있음 우리도 같이하자. 만나서 노닥거리느니 인형 눈이라도 다는 게 낫지."

지수와 나는 기자회견이라도 하듯 질문 공세를 퍼부었다.

"아니야, 일은 무슨…."

영희가 발뺌하자 지수가 이번엔 어설프게 수사관을 흉내내며 말했다.

"똑바로 말하세요. 여름방학 때 무슨 일 있었던 거 다 알아요. 거짓말은 안 통합니다."

"흠, 보아하니 나쁜 일은 아닌 것 같고. 표정도 전보다 밝아 보이고, 일할 때 보면 힘이 넘쳐 보이던데. 좋은 일이면 감출 필요가 있나? 우리 사이에."

나도 지수의 파트너처럼 부추겼다.

영희가 졌다는 듯 우리 앞에 놓인 맥주잔을 채웠다.

"여행 갔다가 남자를 만났어."

뜻밖의 실토에 지수와 나는 눈을 동그랗게 떴다.

"나 암자야?"

동시에 외치듯 묻자 영희가 샐쭉한 표정을 지으며 대답했다.

"왜? 난 남자 만나면 안 돼? 남편도 없는데 바람피우는 것도 아니고."

맞는 말인데 그 대답은 예상하지 못했다. 영희는 이사 온 후 거의 문방구를 비운 적이 없었다. 어쩌다 친정에 다녀오는 것 외에는 휴일도 없이 문방구를 열었다. 영희의 일상은 늘 뻔했다. 그랬던 영희가 모처럼 3박 4일 여행을 갔을 때, 우리는 영희가 오랫동안 골목을 비운 것처럼 허전했다. 그렇더라도 그 짧은 기간에 남자를 만났을 거라곤 미처 생각 못했다.

영희에게 좋은 남자를 만나 다시 시작하라고 했던 우리가 놀란 표정을 지은 것이 순간 미안했다. 지수와 나는 심문을 하느니 하면서 설치던 때완 달리 금방 꼬리를 내렸다.

"아, 이런 경사가 있나. 우선 축배부터 들자."

셋이 잔을 내려놓을 때쯤, 영희는 그 날의 주인공이었다. 결혼하여 이젠 선택의 여지없이 한 남자만 바라보고 살아야 하는 지수와 나에겐 아직 연애할 수 있는 영희의 자유가 눈부셨다.

"정훈이 데리고 친구와 동해안으로 가기로 했는데, 그 친구가 아는 동생이 차를 가지고 오기로 했다는 거야. 여자들끼리 배낭 메고 가면 도착하기도 전에 지친다면서."

"오, 연하의 남자가 승용차로 모시겠다고 한 거야?"

"연하는 맞는데. 승용차는 아니고 트럭을 타고 왔더라. 세 살이나 어리다니 동생처럼 편했지."

"그래서, 동생이 언제 남자로 보였는데?"

그때만 해도 연상연하 커플이 그리 많지 않았기 때문에 어리다는 말에 약간 실망하고 있었다.

"남자 하나 끼니까 여러모로 편하더라. 무거운 짐도 척척 나르고 밥도 짓겠다고 나서고. 보디가드가 있으니까 무섭지도 않고."

"그 남자가 언제 정훈 엄마에게 사인을 보낸 거야?"

"그게…. 그 남자 마음을 모르겠더라고. 돌아오기 전날, 시간이 지금밖에 없다고 생각하니까 초조해졌어. 친구가 잠든 새 밖으로 나왔지. 민박집 툇마루에 앉아 있는데, 옆방에서 카세트 소리가 들리는 거야. 그 남자가 안 자고 있었던 게지. 나는 카세트에서 나오는 노래를 무심결에 따라 불렀지."

"무심결 같은 소리 하고 있네. 먼저 나 여기 있소 하고 광고를 했구면."

"글쎄, 나도 내가 왜 그랬는지 몰라."

그래서 두 사람은 밤바다를 보러 나갔고, 모래사장에 앉아 별을 보았고, 진한 키스를 나누었고. 마침 영희의 손엔 민박집 이불이 들려 있었고, 두 사람은 누가 먼저랄 것도 없이 트럭의 짐칸에 이불을 깔았고…. 그리고 영희는 그날 처음 여자가 되었단다. 남자의 등 뒤로 펼쳐진 밤하늘의 무수한 별들이 영희의 눈으로 쏟아져 뜨거운 눈물과 함께 흘렀다고….

영희의 이야기가 이어지자 우리는 입을 다물었다. 결혼했었고 아이까지 낳았으면서도 그날이 첫 경험 같았다는 영희의 말에 조금 전처럼 놀릴 수가 없었다.

"짠 하자! 축하해. 진정한 여자가 된 거."

언젠가 나타나리라 했던 영희의 철수가 드디어 나타난 것일까.

그동안 밤에 남자를 만나느라 우리 모임에 소원했던 것도 섭섭할 일이 아니었다. 그 후로 밤에 문방구에서 멀찍이 떨어진 곳에 세워놓은 트럭을 몇 번 보았다.

영희의 '철수'가 어떻게 생겼는지 무슨 일을 하는 사람인지 궁금한 가운데 시간이 흘렀다. 영희는 철수가 다녀간 다음 날이면 얼굴이 함빡 피어 나타났다. 가뭄에 시들어가던 꽃이 비를 만난 듯. 영희는 그리 입이 무거운 여자가 아니었다. 우리에게 말하지 않았던 얼마간 어떻게 참았나 싶게, 입만 열면 그 남자 이야기였다. 한창 물오를 나이에 맛본 운우지정에 빠져 헤어나지 못했다.

그러다 드디어 그 남자를 보았다. 영희의 말을 들으며 마음껏 상상했던 드라마틱한 주인공, 철수.

영희와는 너무도 대조적인 남자. 영희의 얼굴은 동그란데, 남자는 길쭉했다. 영희는 희고 뽀얀데 남자는 검고 칙칙했다. 살집이 있어 푸근해 보이는 영희와는 달리 마르고 왜소했다. 왕방울만 한 영희의 눈에 비교하면 반도 못 미치는 찢어진 눈, 붉고 촉촉한 영희의 입술에 거무튀튀한 저 입술이 포개졌다니…. 남자를 스캔하는 0.1초 동안 나는 벌써 고개를 젓고 있었다. 종합적으로 대한민국 표준 남자에 한참 못 미치는 얼굴이었다. 더 간단히 말하면 못생긴 남자.

밤바다에서 파도 소리를 들으며 쏟아지는 별빛 아래 사랑을 나누는 장면과 이불까지 들고 나선 영희의 과감한 행동으로 한껏 드라마를 찍었던 내게 갑자기 풍선에서 바람이 빠지는 소리가 들렸다.

게다가 얼마 후 알게 된 남자의 직업도 변변찮았다. 액세서리 공장에서 은세공하는 남자라고 했다.

지수와 나는 영희가 빠진 자리에서 말을 주고받았다.

"영희가 그렇게 남자 보는 눈이 없는 줄 몰랐다."

내가 먼저 입을 떼자 지수도 맞장구를 쳤다.

"그러게 말이야. 동네 남자들만 해도 그런 인물은 없는

데."

"이 골목 남자들이야 평균 이상이지. 우리 집 주인 남자나 애니메이션 작가만 해도 배우 뺨치는 얼굴이지. 그뿐이야, 네 남편은 여간 세련된 게 아니잖아. 하다못해 채소가게 아저씨도 젊었을 땐 아가씨들이 많이 따랐을 얼굴이잖아."

"그러는 자기 남편은?"

"겸손하게 말하자면 평균을 깎아 먹을 정도는 아니지."

한참을 방향 없이 떠들다가 누가 먼저랄 것도 없이 한숨을 쉬었다.

"인물은 그렇다 치고 직업도 시원찮은 것 같던데."

"공장 일 한다잖아. 얼굴빛이 칙칙한 것으로 봐서 건강해 보이진 않았어."

"영희는 그 남자의 어디가 좋은 걸까?"

"젊은 나이에 혼자 살다 보니 외로움에 지친 게지."

"혹시 그 남자가 그걸 노린 거 아닐까? 젊고 돈 있는 이혼녀인 줄 알고 일부러 접근한 건 아닌지 몰라."

거기까지 말하다 보니 그럴 수도 있었다. 생각해 보면 뒤늦게 여행에 합류한 것부터 수상했다. 영희에 대한 정보를 듣고서 작정하고 유혹했을지도 모를 일이었다. 문방구 수입이 짭짤하다는 것과 이혼한 지 3년 되었다는 것을 알고는 미끼를 던졌을지도. 월척은 아니라도 손해 볼 게 없다는 계산으로.

"생각할수록 괘씸하네. 뭐 하나 내세울 것 없는 공돌이 새끼가 달랑 방울 두 개로 밀고 들어온다 그거지."

지수의 거친 입담이 터졌다.

"영희가 딱하네. 순진해 빠져서. 꽤나 좋아하는 모양인데…. 앞으로 어쩔 셈인지."

"걱정이다. 저러다 놈에게 몸 바쳐 돈 바쳐 하는 건 아닐지."

영희가 사랑해 마지않는 남자는 우리에겐 위험한 놈팡이에 지나지 않았다.

그걸 영희가 눈치채지 못할 리 없었다. 결국, 세 사람 사이에 금이 가고 언성을 높이는 일이 벌어지고 말았다.

"너희들 요즘 이상해. 둘이 자주 쑥덕거리는 걸 보면 뒤에서 내 얘기하는 거 맞지?"

영희가 정색하며 물었다. 내가 어떤 말로 풀어갈까 생각하는 사이, 지수가 말릴 새도 없이 말했다.

"정훈 엄마는 그 남자가 왜 좋아? 어떤 사람인지 확실히 알고서 시작한 거야?"

"어떤 사람이라니. 나하고 정훈이에게 잘하는 남자라고

말했잖아. 정훈이도 삼촌이라며 따른다고."

"결혼도 안 한 남자가 왜 정훈 엄마 곁에서 얼쩡대겠어?
뭔가 노리고 그러는 게지."

"뭘?"

"돈 많은 이혼녀에게 비비려는 거 아니겠어?"

"지수, 너 사람을 어떻게 보고 그런 말을 해? 자기도 같은
생각이야? 그래서 맨날 둘이 내 흉 본 거야?"

"그게 아니라. 우린 걱정이 돼서…."

내가 우물쭈물 대답한 것이 휘발유가 되어서 영희를 점화
시키고 말았다. 영희의 눈에서 불길이 활활 타올랐다. 처음
보는 모습이었다.

"너희가 뭔데 내 걱정을 해? 혼자 사는 년이 남자 맛을 보
더니 정신 나갔다고 했겠구나? 왜? 그러면 안 된다는 법이
라도 있어? 너희는 남편 끼고 산다고 재는 거야, 뭐야?"

"무슨 말을 그렇게 해. 정훈 엄마가 너무 기우는 남자를
만나는 것 같아서 걱정하는 건데."

그 말도 불길 앞의 부채질이었다.

"생긴 것도 별로고 돈도 없고. 그래서 기운다는 거지? 그
러는 너희는 남편이 얼마나 잘났기에 장사한다고 나선 거
냐? 서로 비슷한 처지라 의지가 되려니 했더니, 속으론 혼자

산다고 나를 무시했던 거야?"

자칫 큰 싸움으로 번질 뻔한 순간이었다. 왜 남의 남편까지 들먹이냐는 소리가 목구멍까지 찼지만, 간신히 참았다. 영희가 느닷없이 다리를 뻗고 울기 시작했다.

"너희에게 할 말 안 할 말 다 하고 살았다, 난. 정훈이 아빠와 헤어지게 된 이유도 말했고. 그게 얼마나 비참한 일인지 이해할 줄 알았어. 지금 만나는 남자가 아무것도 없는 무일푼이라 해도 난 사랑할 자신 있어. 진심이 보이니까. 그게 너희 눈엔 불장난으로만 보였다면 너희야말로 속물이야."

울고 싶었던 날이 얼마나 많았을까. 속으로 삼켰던 눈물을 한꺼번에 쏟아내듯 영희는 한참을 울었다. 아이를 데리고 골목 동네로 들어온 후 한번도 보이지 않았던 영희의 민낯인지도 몰랐다. 늘 밝아 보였던 영희가 깊숙이 묻어두었던 어둠을 눈물에 섞어 풀어내고 있었다.

"우리가 밤에 만나고 헤어질 때, 사실은 너희가 부러웠어. 집에 가면 같이 이불 덮을 남자가 있다는 게. 아니, 같이 밥 먹을 사람이 있다는 게 더 부러웠지. 남자가 그립다는 말이 무슨 뜻인지 아니? 체온이, 목소리가 그립다는 거야. 동네 사람들이 혼자 사는 여자들 뒤에서 수군거린다는 거, 그 여자들이 왜 모르겠어? 그래도 남자를 곁에 두는 건 혼자라는 게 두려워서겠지. 난 이제 그 여자들 욕 못 해."

그날 영희는 제 생각을 우리에게 확실히 못 박았다. 지수와 나는 할 말이 없었다. 이혼 후 처음 남자가 생겼다는 말에 손뼉을 쳤던 우리가 나중엔 조건 따져가며 등을 돌린 건 영희 말대로 속물임을 인정한 것이기 때문이다.

며칠이 지났을까. 영희는 언제 그랬냐는 듯 다시 '맑음'으로 돌아왔다. 한바탕 폭풍이 지나간 뒤 한층 높아진 하늘처럼. 영희가 낮에 문방구 셔터를 내리더니 내게 정훈이를 부탁했다. 드디어 낮에도 데이트를 하나 싶어 물었다.

"어디 좋은 데 가기로 했어?"

"아니, 한약방에 다녀오려고. 실은 그 남자가 간이 안 좋아. 납땜을 많이 하다 보니 건강이 좋을 리 없지."

"아이구, 열녀 나셨네요."

내가 믿지 않게 대답하자 영희도 가볍게 받아쳤다.

"그럼요, 젊은 놈 오래 끼고 살려고요."

한껏 멋을 낸 것도 아니고 늘 보던 대로인 채로 골목을 나서는 영희의 뒷모습은 어느 때보다도 환했다. 그 후로 일요일이 되면 영희의 문방구엔 '정기 휴일' 푯말이 붙어 있었다. 남자의 트럭은 일요일 아침이면 문방구 앞에서 부릉거렸고, 정훈이를 번쩍 안아 조수석에 앉히는 남자의 팔뚝이 전보다 더 굵어진 것처럼 보였다. 영희의 화사함은 말할 것도 없었다.

영희가 남자와 공식적으로 살림을 차렸다는 소식은 내가 골목을 떠난 지 일 년 남짓 지나서였다. 오랜만에 영희를 찾아갔을 때, 문방구가 달라져 있었다. 문방구와 벽을 대고 살았던 안채의 민수 할머니가 이사 가고, 그 벽을 터서 가게를 넓힌 것이었다. 영희가 새로운 남자를 만났나 싶게 그 남자도 전에 본 얼굴이 아니었다. 적당히 살이 오르고 검었던 얼굴도 제 빛을 찾았다. 영희의 밥을 먹었으니 그럴 수밖에. 영희가 지수네 가게에 가서 놀자고 했다. 낮엔 손님 치다꺼리로 궁둥이 붙일 새도 없었던 영희에게 들을 수 없던 얘기였다. 어느새 그 남자가 문방구 판매를 도맡아 하고 영희는 주부가 되어 있었다. 우리 셋은 처음으로 낮술을 마셨다. 그날도 영희가 주인공이었다. 너무도 노골적이지만 들을수록 감칠맛 나는 영희의 이야기에 결국 지수는 초저녁에 가게 문을 닫았다.

영희가 상기된 얼굴로 말했다.

"정훈이 호적 올렸어. 우리도 서류 마쳤고."

"결혼식도 없이?"

"그이가 식이 뭐가 중요하냐고, 쓸데없이 돈 쓰지 말자고 해서 혼인 신고만 했어."

"와, 짠돌이네."

"그이가 결혼 자금으로 모은 돈을 가게 확장하는 데 썼으니 더 조이자고 의견이 맞은 거지."

"정훈이 호적은 무슨 말이야."

"실은 정훈이는 호적이 없었어. 얼마 있으면 초등학교에 입학해야 하는데 미룰 수가 없었지. 우리 정훈이가 이번으로 세 번째 성을 바꾼 거 몰랐지?"

"아…. 정훈이는 어때?"

"처음부터 엄마 사는 걸 봐서 그럴까. 그냥 받아들이는 것 같기도 하고. 삼촌이 아빠가 된 게 이상할 법도 한데 묻지를 않아. 그동안 그이에게 정이 들어서인지 아빠 소리도 어렵지 않게 하던데."

그랬으면 됐다 싶었다. 어느 한쪽 기울지 않은 정삼각형이 된 것 같아 다행이었다. 진짜 철수를 알아보지 못하고 의심을 했고, 속물이라는 욕을 먹었어도 다행이었다.

돌아오며 생각하니 영희에게 가장 잘 어울리는 옷은 앞치마였다. 영희의 앞치마는 한 번 입고 말 웨딩드레스보다 오래 눈부실 것이다. 영희는 앞치마 입은 여자로 사는 게 꿈이었으니까. 그 남자, 제대로 알고 영희를 공략한 것이다.

5

세상에서 가장 무거운 옷

세상에서
가장
무거운 옷

세상에서 가장 무거운 옷

❀

　살면서 머리부터 발끝까지 올 화이트로 치장해 본 적은 단 한 번. 웨딩드레스를 입었을 때였다. 전문가의 섬세한 손길로 완성된 메이크업, 한 올이라도 흐트러질세라 스프레이를 반통쯤 쏟아 부은 빳빳한 머리카락, 그 위에 고정시킨 티아라. 부풀린 페티코트 위에 웨딩드레스를 입은 다음, 하이힐로 키를 10cm 넘게 높이고 거울 앞에 섰을 때, 나도 놀랐다. 내가 나 같지 않아서. 마치 왕족이라도 된 듯 눈 깜짝할 새에 신분이 상승한 듯했다.

　신부를 태운 자가용이 예식장 주차장에 들어서자 먼저 와 있던 신랑이 뛰어왔을 땐 더했다. 문을 열어주려다 멈칫 하며 나를 바라보던 신랑의 눈빛에서 놀라움과 찬탄을 보았을 때, 나도 모르게 손잡이를 꽉 잡았다. 그도 이제까지 만나 온 여자가 낯설듯 나 또한 그가 낯설었다. 이발소에서 단장한 머리와 새 양복이 그렇게 촌스러워 보일 수가 없었다. 특히 헤벌쭉 웃는 얼굴이 더 그랬다. 왕족도 모자라 여신이라도 본 듯 눈부셔 하는 남자가 내 신분과는 어울리지 않는 평민이라는 것에 울컥 실망스러운 기분.

차 문이 열리기까지 수초밖에 안 되는 그 순간, 내 머릿속에 펼쳐진 파노라마가 얼마나 무궁무진했는지 그는 알 리 없었다. 자신의 곁에서 '검은 머리 파뿌리 되도록'을 맹세하고 있는 여자가 사실은 자신을 은근히 깔보고 있었다는 걸 말이다.

착각은 자유란 말은 예식 시간과 비례했다. 내가 서 있을 곳이 어느 나라 왕궁이나 아프로디테 신전쯤은 되어야 할 것 같은 꿈을 꾼 시간은 한 시간이나 되었을까. 오전 11시에 시작한 예식이 끝나는 정오, 마법을 끝낸 것은 종소리가 아닌 신촌 모 웨딩숍 직원이었다. 아침엔 하녀처럼 그리도 극진히 모시더니 상냥한 표정을 거두고 기계적으로 드레스를 벗기기 시작했다. 아니, 높은 데 있는 나를 바닥으로 내몰고 있었다. 그렇게 입도 벙긋 못하고 내 지위를 박탈당하고 말았다. 둘둘 말려 쇼핑백에 처박힌 웨딩드레스, 다시 되돌릴 수 없는 나의 고귀한 신분!

웨딩드레스를 뺏기자 나는 평민 남자에 걸맞은 평범한 여자가 되어 있었다. 그 후론 자신을 고귀한 신분으로 여겨본 적이 한 번도 없었다. 남편의 눈빛이 그때 한 번 빛나고 말았듯이.

그날 입었던 웨딩드레스는 '결혼'이라는 만만치 않은 여정을 위해 마련한, 매혹적인 미끼에 불과했던 건 아닐까. 화려한 드레스를 입고 그날의 주인공이 되고 싶었던 허영심에 덜컥 물어버린 미끼 말이다. 결혼이라는 의식에 바치는 제물의 예복이었다는 생각이 들자, 웨딩드레스가 여신의 의상은커녕 양이나 흰 소를 대신한 것이 아닐까 싶기도 하다.

30여 년쯤 살아 보니 가끔 그런 허무와 냉소에 빠지기도 하는데, 나만 그렇게 생각하는 건지….

그 후로 흰색 일색인 옷은 입어본 적이 없다. 웨딩드레스가 미끼였다는 생각 때문은 아니다. 최상의 지위까지 올려준 예복 덕분에 잠시 누린 착각은 나쁘지 않았다. 뇌리에 남은 남편의 표정을 떠올리며 '내가 특별히 당신과 살아준다'는 오만한 감정을 사탕처럼 빨면서, 세월에 빠져나간 당을 보충할 수도 있으니 말이다. 설령 제물이었다 한들 나만 제물이었을까. 그도 그 의식에 바쳐진 제물이긴 마찬가지인 것을.

지금까지 흰옷을 자신 있게 입지 못하는 이유 중 하나는 흰색이 지닌 반사적인 성격 때문이기도 하다. 얼룩질까 봐 먹는 것도 앉는 것도 조심스럽게 하는 색, 무결점의 고집에 부응할 만큼 조신하지 못한 탓에 흰색이 주는 긴장감을 아예 사절해 왔다. 무엇 하나 튀면 금방 오점을 드러내는 색이니 결점 많은 나는 감히 흰색에는 접근조차 하지 않으려 했다.

그런데 흰색이 바탕이기만 한 것은 아니었다. 흰색도 다른 바탕에 한 점 두 점 떨어지기도 했다. 검은 머리에 섞이기 시작한 파뿌리가 그것이다. 그것은 세월의 다른 이름. 남편과 나는 동지애로 뭉쳐 우정 호를 타고 넘실거리는 파도를 잘 견뎌왔다. 그러는 사이 순백인 웨딩드레스도 세월 따라 다른 색을 흡수하기 시작했다. 흰색에 빨강색이 섞이면 분홍이 되고 파랑색이 섞이면 하늘색이 되듯, 어울려 다른 색을 만들었다. 그 다른 색은 자식이라는, 엄청나고 경이로운 결과물이었다.

3월에 어깨를 다 드러낸 드레스를 입고도 꽃샘추위를 느끼지 못할 만큼 긴장했던 나는 그때는 웨딩드레스가 날개처럼 가벼운 것인 줄만 알았다. 그러나 실크나 시폰 소재로 만

들어 아무리 가벼운 드레스라도 그 옷만큼 무거운 옷은 없다는 것을 살면서 알게 되었다. 옆에 선 사람과 평생을 같이 하겠다는 약속이고, 앞으로 맞이할 생명에 대한 예의이며, 성숙한 어른이 되겠다는 결심…. 눈으로 볼 수 없는 추상의 의미까지 담은 옷 이상의 옷이라는 것을.

그 무거운 옷을 용감하게 입었던 나를 새삼 칭찬한다. 그러면서 넌지시 일러둔다. 앞으로 몇 번 더 흰옷의 무게를 견뎌야 할 날이 있다는 것을. 가깝고도 소중한 사람과 이별할 때 입을 소복이 그것이다. 부모님을 보낼 때, 그리고 어쩌면 웨딩드레스 옆에 섰던 남자를 먼저 보내야 한다면 그때 입을 예복…. 그 흰옷은 마네킹에 입혀 진열된 적이 없는, 상조회에서 보내는 누워 있는 옷이다. 소복이 모양을 갖추고 바로 설 때, 그것을 입은 여자는 피할 수 없는 이별 앞에 선다.

나는 그 소복을 두 번 입었다. 아버지를 보낼 때, 그리고 시어머니의 상을 당했을 때였다. 스물셋, 서른 살에 입었던 소복은 어색하고 불편했다. 다시 못 볼 이별 앞에서 아직 젊었기 때문이었을까. 그러나 아무리 나이를 더 먹어도 여전히 소복 입을 날이 몇 번 더 남았다는 것을 담담하게 받아들일 자신은 없다. 더구나 남편에게 동지애밖에 안 남았다는 농담을 할 수 없는 날이 올지도 모른다는 생각은 거의 공포에 가깝다. 내 앞에 그 옷이 놓이는 날이 절대로 오지 않았으면 싶고, 새삼 옆에 있는 사람의 손을 더듬어 잡게 된다.

여자는 흰옷을 입으면서 철들고 성숙한다. 여자가 일생에 몇 번 특별한 날 입을 옷에 스민 흰색은 만남의 색이며 이별의 색이다. 시작의 색이고 끝의 색이다.

그러니 여자에게 흰옷은 옷이 아니다. 한 생의 마디마다 찍는 점이요 기록이다.

수염 난 여자

❀

　처음엔 뭐 이런 실없는 남자가 있나 싶었다. 컴퓨터로 하던 일이 있어서 빨리 자리로 가야 하는데 묻지도 않은 말을 걸기 시작했다.

　"내가 지난 7월에 바람이 단단히 나서 계집의 치마폭에 싸여 사흘을 정신없이 보냈단 말이죠."

　가스 배달을 왔으면 가스 값이나 받아 갈 일이지, 젊지도 늙지도 않은 남자가 웬 흰소리냔 말이다.

　애초에 내가 빌미를 준 것인지도 모른다. 비 오는 날 배달하게 해서 미안하다고 음료수를 건넨 게 실수라면 실수겠다.

　"어제 가스가 떨어졌는데 돈이 없어서 못 불렀어요. 하필 비가 오네."

"돈이야 나중에 와서 받아도 되니까 앞으론 바로 부르세요."

친절한 말과 사람 좋은 웃음을 지으면서 듣기에 불쾌한 얘길 꺼내는 속내는 도대체 뭘까. 몇 년째 단골인 사람을 어떻게 보고…. 그런데 그는 굳이 그 여자의 사진을 보여주겠단다. 바쁘니 어서 가라고 못한 게 두 번째 실수다.

이름이 빅토리아란다. 들으나마나 남자들끼리 해외여행 가서 마누라 몰래 국제 바람을 피운 모양인데 그게 자랑할 거린가.

그런데 뜻밖에 스마트폰에 저장된 사진은 수련이었다. 3일밖에 피지 않기 때문에 텐트를 치고 야영하면서 꽃이 필 때부터 질 때까지 찍었단다. 그는 신이 나서 빅토리아의 특징에 대해 말하기 시작했다.

"필 때는 흰 꽃인데 질 땐 붉은색으로 변해요. 꽃대를 받친 잎은 암잎인데, 그 주변에 수잎이 대여섯 장 모여 있어요. 보세요. 초록색 잎이 아주 예쁘죠? 얘들도 사람하고 아주 비슷하다니까. 미녀 하나에 사내들 대여섯 명 달려드는 거랑 뭐가 달라요?"

그의 표정은 처음 사랑에 빠진 스무 살 청년 같았다. 여러 사내를 젖히고 아름다운 여인을 애인으로 삼았다고 우쭐대며 자랑하고 싶어 하는….

빅토리아 수련의 하이라이트는 지는 모습이었다. 한 장씩 고부라지듯 넘어지는데 꽃잎 끝은 흰색이고 아래로 갈수록 붉은빛을 띠었다. 마지막 남은 꽃잎마저 젖혀지자 노란 수술이 성화처럼 활활 타는 것 같았다. 밤에 찍어 불빛이 어른대는 호수에 비친 수련은 천연 데칼코마니였다.

나는 꽃에서 눈을 떼지 못했다. 어느새 사흘 동안 계집의 치마폭에 빠져 보냈다는 말이 꽤 멋진 은유라고 생각이 바뀌었다.

그에게 빅토리아의 사진을 전송해달라고 했다. 그런데 비 오는 밖에 세워놓고 계속 이야기를 하려니 미안했다. 현관 앞으로 오면 커피를 내오겠다고 했다. 그가 오기 전에 얼른 현관 밖에 있는 테이블을 치우러 나갔다. 그런데 하필 의자가 없었다.

머뭇거리는 사이, 그는 카메라까지 들고 거실로 들어왔다. 나의 세 번째 실수, 아니 실수보다 더한 '잘못'. 외간남자를 집 안에 들인 것이다!

그는 창가 테이블에 가득 늘어놓은 말린 국화 채반을 보더니 셔터부터 눌렀다. 자연스럽게 국화차 만드는 과정을 이야기하게 되었다. 집 안에 들어와서야 내가 하는 일을 눈치

챘는지 깍듯이 '선생님'이라는 호칭을 썼다. 귀 얇은 나는 '잘못'이라는 계단에서 '그냥'이라는 계단에 발을 내리고 있었다. 그냥 단골 배달 아저씨에게 차 한 잔 드리는 것으로.

그러다 커피를 마시는 동안 '그냥'에서 '이웃'이라는 한 계단을 더 내려섰다. 지나가다 "언니, 커피 한 잔 줘" 하고 들르는 재원엄마를 대하듯.

그는 30여 년 동안 다닌 직장에서 명예퇴직을 하고 가스 가게를 차린 이유, 지난봄에 외아들 결혼시키면서 며느리에게 명품 백 '누이똥'을 사주었을 때의 기분, 차에 장비를 싣고 다니면서 내키면 훌쩍 사진을 찍으러 다닌다는 이야기를 했다. 매번 느끼지만 한 권의 소설도 줄거리로 요약하면 몇 줄 되지 않는다. 60년을 산 인생도 줄거리로 추리면 10분 안에 정리할 수 있다. 오히려 한 장면을 묘사할 때의 분량이 더 길어질 때가 있다.

사진에 관한 이야기를 할 때 그랬다. 야생화를 찍고 남들이 찍을까 봐 꺾어 버리는 몰지각한 사람들에 대해 말할 땐 목소리가 높아졌다.

"산 좋아하는 등산가가 산을 망가뜨리고, 강이나 바다 좋아하는 낚시꾼이 강, 바다를 오염시키듯 야생화는 사진 찍는 사람들이 꽃을 괴롭혀요. 나는 그냥 사진으로 기록하는 사람이지, 사진작가는 아니에요."

그 말에 왜 내가 의기소침해졌는지 모르겠다. 속으로 나처럼 작가연하는 사람이 문학 판을 망치는 건 아닐까, 생각하고 있었으니. '이웃' 아래 '공감'이라는 계단이 하나 더 있었나.

문득 최근에 만났던 남자들이 생각났다. 어느 날은 하루에 세 명 넘게 일면식도 없는 남자들하고 얘길 나눈 적도 있었다. 그들은 지금 하고 있는 일, 자식 키우는 일, 어렸을 때 꿈꾸었던 것에 관한 이야기를 풀어 놓았다. 심지어 눈물까지 보이는 남자도 있었다.

그때는 미장원에서 머리 손질을 하고 잘 차려 입고 나가서 남자들이 꼬이는 줄 알았다. 그런데 세수도 하지 않고 수면바지 차림에 집에서 한 발자국도 나가지 않고도 남자를 집 안으로 들이는데 30분도 걸리지 않았으니, 이게 웬 변고인가. 이때까지 나도 몰랐던 성적 매력이 어디 숨어 있다가 뒤늦게 꽃피우는 것인가.

그러나 아무리 생각해도 뭔가 빠진 것 같았다. 그것은 남자들의 눈빛이었다. 그윽하든지 따뜻하든지 하다못해 의뭉하든지, 끌리는 눈빛이어야 하는데 그런 감정을 조금도 느낄 수 없었다. 그저 자기가 하고 싶은 말만 하는 '수염 난 여자'

일 뿐이었다.

그 사실을 깨닫자, 잠재된 줄 알았던 팜므파탈에서 후덕한 아줌마로 돌아오는 데는 3초도 걸리지 않았다.

그 편이 훨씬 건설적인 결론이었다. 무엇보다 내 착각 때문에 가스 가게 아저씨가 단골을 놓칠 뻔했으니 말이다.

내가 이 생각 저 생각 계단을 오르락내리락하는 걸 알기라도 한 듯, 그가 일어서면서 한마디 했다.

"이 나이쯤 되면 여자보다는 말 통하는 사람이 더 좋죠. 오늘, 좋은 친구 만나고 가네요."

불온한 독서

❦

한때 나도 취미 난에 슬그머니 '독서'라고 쓴 적이 있었다. 펜에 힘을 주지 못하고 조그맣게, 흐리게, 흘리듯 썼던 '독서.' 행여 누가 감명 깊은 책을 물어볼까 봐 겁이 났던 게다. 나의 독서는 감명이라는 말은 언감생심 입에 올릴 수도 없이 떳떳하지 못했기 때문이다. 그러나 그때처럼 안광을 레이저 삼아 샅샅이 훑은 책이 얼마나 될까.

중학교 때 방학을 맞아 시골 외가에 가면 읽을거리가 없다는 것이 가장 답답했다. '소년소녀 세계명작전집' 같은 것이야 꿈도 못 꿀 일이지만, 국어책 한 권을 읽고 또 읽어 외우다시피 한 후에는 눈과 마음을 채워줄 책이 없다는 것이 답답함을 넘어 갈증이고 고통이었다. 뒷간에 가도 신문지 한 장 없었다. 일력이나마 있으면 다행이었다. '한일은행', '보금당' 하는 글자만 봐도 반가웠다.

마침 친척 이모 집에서 발견한 원색 표지의 잡지는 어둠 속에 돌연 나타난 불빛이었다. 그것은 거리의 베스트셀러, 「S데이 서울」이나 「**경향」이라는 주간지. 표지에서 인기 절정의 여배우가 눈웃음을 치지 않아도 컬러 사진에다 활자가 빼곡한 책을 펼치지 않을 수 없었다. 곱고 얌전한 이모가 명작 이상으로 아끼는 모양인 듯 앉은뱅이책상 위에 잘 모셔둔 책이니 귀한 책일 게 분명했다.

그러나 처음 그 책을 펼쳤을 때, 이모 옆에서 배 깔고 누워 읽을 책이 아니라는 것을 바로 알아챘다. 건성으로 넘기는 척하다가 윗목에 밀쳐놓았다. 처음엔 몰래 가져다 읽었지만, 며칠 지나지 않아 내가 그 책 때문에 이모 집을 뻔질나게 드나든다는 것을 이모도 짐작했을 게다.

책을 펴면 먼저 펼치는 난이 '십자로'였다. '사거리', '네거리'도 있는데 왜 '십자로'였을까. 통속잡지 속에서 한층 더 통속적인 '십자로'에는 세상에서 저지를 수 있는 불륜이란 불륜은 다 모아놓은 것 같았다.

얼굴이 홧홧 타고 입안이 마르고 누구와 눈을 마주칠 수 없는 이상한 이야기가 있다니. 읽었다는 사실만으로도 고개를 들 수 없는 책이 있다니.

이야기의 시작은 이랬다. '친구 집에 갔는데 친구는 없고 친구 누나가 낮잠을 자고…' 왜 친구 집에 친구가 없었을까. 집에 없는 그 친구는 또 다른 친구 집에 가보니 거기도 친구가 없었던 걸까. 그런데 왜 친구들은 하나같이 형제는 없고 남매였을까.

이런 이야기도 있었다. '어느 날 극장에 갔는데 옆자리에 그(녀)가 혼자 앉아…' 왜 극장에 가는 여자, 혹은 남자는 혼자서 극장에 갈까. 친구 집에 갔는데 친구가 없어서 혼자 갔나.

그러나 얼굴 붉힐 이야기만 있는 건 아니었다. 창백한 얼굴에 긴 머리 소녀도 있고, 키 크고 마른 청년도 있었다. 그들은 대부분 일찍 죽었다. 주로 폐병을 앓았고, 꼭 하얀 손수건에 각혈을 했다. 꽃무늬 손수건은 쓰지 않았다. 어떤 사람은 '사랑하니까 헤어지자'는 편지만 남겨놓고 외국으로 떠나기도 했다. 비자 발급이 어려웠던 시절, 십자로의 하늘에만 비행기가 자주 떴다. 그런 걸 모르는 여중생은 다시 못 볼 연인들이 딱해서 손등으로 눈물을 훔치며 한숨을 폭 내쉬기 일쑤였다.

나는 그 책을 통해서 수많은 사람들이 사랑에 목매여 산다는 것에 놀랐다. 세상에서 할 일이 오로지 사랑밖에 없는 것 같았다. 매주 실리는 내용은 다른 듯했지만 비슷하기도 했다. 도대체 사랑이 뭐기에 제어할 수 없는 감정에 시달린 단 말인가. 십자로의 사랑은 대부분 이룰 수 없는 사랑이어 서 결말은 거의 '저는 어쩌면 좋을까요?' 하고 묻는 것으로 끝났다. 나라도 속 시원하게 답해줄 수 있다면 좋으련만…. 방학숙제는 못해도 꼭 풀고 싶은 문제가 그것이었다.

이모가 가지고 있는 주간지를 다 통달하고 나니 개학이 가까워져 서울로 돌아왔다.

저녁 때 우리 집 옥상에 올라가면 동네 교회에서 불 밝힌 십자가 네온사인이 눈에 들어왔다. 열 개도 넘었다. 그 중에 는 방학 전에 내가 다녔던 교회도 있었다. 그러나 교회에 갈 수가 없었다. 이미 불온한 글, 불결한 세상을 눈으로 빨아 들일 듯 읽어 버렸으니 나도 어느새 십자로에 서 있는 것 같 았다. 감히 십자가를 바라볼 수 없이 두려웠다. 성性에 눈을 뜨자 성聖스러운 곳은 더 이상 갈 수 없는 곳이 되고 말았 다.

다시는 그런 저질의 책은 읽지 않으리라. 명작을 읽어 더러 워진 영혼을 씻으리라. 학교 도서관에서 《좁은 문》, 《안네의 일기》를 빌려 와 읽으며 알리사와 안네에게 쓰는 편지로 일기를 채워갔다. 정상적일 뿐만 아니라 문학소녀로 변모하는 것 같아 내심 뿌듯했다. 그러다 헤르만 헷세의 《지와 사랑》을 읽었다. 그런데, 놀랍게도 그 책에도 십자로가 있었다. 주인공 골드문트의 애정행각은 십자로에서 '어찌 하오리까'를 묻는 사연보다 결코 덜하지 않았다. 통속잡지에나 있을 법한 이야기가 명작에도 버젓이 나오다니. 골드문트에게는 영혼을 구제해 줄 나르치스라도 있지만, 성聖과 속俗의 세상에서 상처받은 어린 여중생의 손을 잡아줄 사람을 어디에서 찾을까.

생애 첫 탐독은 그렇게 구석지고 은밀하여 십자로의 청춘들 못지않게 갈등과 방황으로 얼룩진 시절이었다.

이제는 나의 첫 독서였던 「S데이 서울」이 사춘기의 내게 공헌한 바를 인정한다. 일찍 인생과 사람 사이의 일을 이해하게 해주었으니까. '인생은 외롭지도 않고 그저 잡지의 표지처럼 통속하다'는 박인환의 시를 읽으며, 인생을 오래 살아본 중늙은이처럼 크게 고개를 끄덕였던 중학생이었으니.

그러다 진짜 그 나이가 되고 보니, 문득 십자로에서 섰던 많은 청춘들의 사연이 대부분 편집자 한 사람이 지어낸 거짓말일 수도 있다는 의심이 든다. 뻔한 삼류 소설 한 토막일 수도 있다는. 매주 '인간적인 너무나 인간적인' 이야기를 실어 독자의 호기심을 자극하기 위해 그 편집자는 얼마나 고심했을까 싶기도.

덜컥 미끼를 물은 게 중학생인 나였다 하더라도 이제는 웃어넘길 수 있다. 책이 사람을 만든다지만 불온한 책이 불온한 사람을 만드는 것은 아니라는 것, 지금 잘 성장한 내가 그걸 증명하지 않는가.

남편 세탁법

❀

김 선생은 바쁘다.

오후 한 시까지 동인지 출판회에서 쓸 꽃다발을 만들어야 하는데 하필 남편이 늦게 나가는 바람에 시간 안에 끝낼 수 있을지 모르겠다. 김 선생은 손에 모터를 단 듯 바삐 꽃다발을 만들면서 한숨을 쉰다. 꽃을 보면 '먹을 것도 아닌 것' 정도밖에 여기지 않는 남편과 번번이 충돌하는 게 싫어서 남편 없을 때 하려니 시간에 쫓기는 게 속상하다.

이 선생은 울적하다.

오늘 안에 끝내야 하는 원고가 있는데, 하필 딸이 아이들을 봐달라고 부른다. 초등학교에 다니는 손주들이니 남편만 가도 될 것 같아 부탁을 했다. 밥상을 차리고 돌아선 등 뒤에서 주발 뚜껑 내려놓는 소리가 신경질적으로 들린다. 아니나 다를까, 문 닫는 소리는 지진이라도 난 듯하다. 시간과 공간이 오롯이 자신의 몫이 되었는데도, 이미 머릿속에 가지런히 정렬되었던 내용들은 천지사방 날아가 버린 후다.

박 선생은 열이 난다.

등단 후 바빠진 건 맞다. 그렇다고 살림에 소홀한 적이 있었나. 남들은 모여서 밥 먹고 차 마시며 느긋한데 그 자리에 퍼져 있었던 적이 있었나. 그런데, 동인지에 글을 냈으니 취미생활은 이 정도면 되지 않느냐는 것이다. 등단했을 땐 엄지손가락을 세워주던 사람이 속으론 취미 생활 정도로 생각한다는 게 어이없다. 이제 시작인데, 무슨 소리?

김 선생, 이 선생, 박 선생은 다른 작가들 남편이 부럽다. 어떤 이는 글 쓰는 부인이 대단하다고 추켜세우고, 또 다른 이는 문학회 행사로 외출하면 잘 다녀오라고 하고 거기다 술이 취해 들어가도 재미있었냐고 한단다. 부인이 책을 내면 호화로운 출판기념회까지 열어주는 남편도 있다. 누구는 전업 작가로 서재에서 우아하게 글을 쓰는데, 누구는 부엌데기로 구석에서 눈치 보며 써야 하다니…

등에 업고 어화둥둥 해달라는 게 아니다. 이해하고 인정해 달라는 것뿐이다. 이제껏 살림만 하고 아이들 키우는 데

전념하고, 남편 뒷바라지하며 사는 게 전부인 줄 알았는데, 자신이 하고 싶었던 것에 눈을 뜨게 되었다. 세월 너머 가물가물 잊히고 있던, 학창 시절 빛났던 '나'. 선생님과 친구들이 '넌 커서 작가가 될 거야'라고 했던 말이 늦게야 떠올랐다. 이미 큰 지는 오래 되었는데, 지금이라도 가려 하는 작가의 길을 막지는 말아 달라는 말이다.

며칠새 들은 문우들의 얘기다. 전화로, 차 안에서 혹은 카페에서 우리들은 이런 이야기를 주로 나눈다. 김 선생 남편 말마따나 밥이 되지 않는 소리다. 남편들만 그런가. 친구도, 친척도, 이웃사람도 밥이 되지 않는 이야기를 하는 우리를 이상하게 본다. 마치 그것 때문에 살림을 등한시하고 생산성 없는 일에 꽂혀 있는 것처럼. 아름다운 것에 감탄하고 딱한 것을 보면 눈물짓는 것은 사춘기 때의 감정이라며, 어른이 되어도 여전하면 아직도 크지 못한 아이 취급을 한다.

그래서 우리는 우리끼리 만나야 행복하다. '못난 놈들은 서로 얼굴만 봐도 흥겹다'는 신경림 시인의 말처럼, 서로 얼굴만 봐도 통하니까. 단어만 들어도 무슨 말을 하려는지 알아들으니까.

자, 이제 말 통하는 사람들끼리 뭉쳐 제대로 한번 풀어보자. 오래 입은 옷 같은 남편을 새 옷으로 바꿔 입으려면 번

거로움이 한두 가지가 아닐 테니 세탁을 해보자는 말이다.

우선 원인 분석부터 해보자. 왜 남편은 아내가 글을 쓰는 걸 반기지 않는 걸까. 감수성이 남보다 빈약하여 이해하지 못하는 사람도 있긴 하다. 아마 학교 다닐 때 국어 시간을 싫어했을지도 모른다. 시나 소설 한 편 읽지 않았어도 사는 데 지장 없었다고 할 가능성도 포함. 그러나 이제 와서 남편의 감수성 탓을 해봤자 소용없다. 사람은 쉽게 변하지 않는다는 것을 우리는 알지 않는가.

남편의 입장에서는 아내의 감수성이 자신과 맞지 않다고 생각할 수도 있다. 탈 없이 잘 살다가 왜 갑자기 아내의 감수성 게이지가 상승하느냔 말이다. 그때의 당혹감을 생각해 볼 필요가 있다. 이제까지 잘해오던 아내, 엄마, 며느리 노릇에서 예상치도 않았던 작가 노릇까지 한다니 충격일 수밖에 없다. 남자들은 단순하여 마치 아내가 둘 중 하나를 택하려는 것으로 생각한다. 특히 똑소리 나게 살림하고 교육열이 강했던 아내의 남편일수록 충격이 크다. 그 열정을 다른 쪽에 쓴다고 생각하면 심각하게 고려해야 할 문제로 여길 수 있다.

그러니 우선 충격과 불안을 재워주어야 다음 단계인 '남편 세탁하기'의 실전으로 들어갈 수 있다.

이 선생처럼 글의 흐름이 끊길까 봐 글 쓰는 동안 방문 열지 말라고 주문하는 건 불난 집에 기름 붓는 꼴이다. 그랬다가 낭패 본 사람은 안다. 심한 경우 글 쓰는 아내에게 적대감까지 느끼는 남편도 봤다. 마치 도전장을 받은 것처럼 남편은 저 혼자 씩씩거리며 전의를 다진다.

글 쓰는 모습은 보이지 않을수록 좋다. 글은 우렁각시처럼 쓰고 나중에 글이 실린 책을 보이면 겉으론 무관심한 체해도 저도 모르게 손이 간다. 왜? 시나 소설을 안 읽어도 잘 살았다는 사람치고 활자에 대한 경외심 없는 사람은 없으니까.

살림은 남편이 있을 때만 한다. 그동안 해왔던 살림의 시간표를 수정해야 한다. 보지 않을 때 열심히 쓸고 닦아 봤자 원래부터 깨끗한 줄 안다. 남편이 텔레비전 보는 앞에서 청소기를 돌리면 머지않아 차라리 방에 들어가 글이나 쓰라고 할 것이다. '글이나'가 문제지만.

문학 활동에 관한 어떤 지출도 표내지 않는다. 정기구독, 수강료, 크고 작은 활동비 같은 것들은 비상금으로 하되 그러지 못할 땐 써도 안 쓴 척하는 게 낫다. 아내가 자꾸 날아갈 것 같아 불안한데, 그것도 자신이 벌어온 돈이 아내에게 날개를 달아준다고 생각하면 어떻겠는가.

결론적으로 아무 것도 달라지지 않은 '척' 해야 한다. 정작 달라진 후 힘든 건 자기 자신이다. 글은 그냥 써지나. 소재, 주제 찾기도 힘들고 써놓으면 마음에 들지 않고 때로는 좌절하고 포기하고 싶을 때도 있다. 다른 취미 생활로 바꾼다면 적어도 속을 볶으며 살진 않을 것 같다. 쓰지 않을 때조차 마음이 편한 게 아니다. 책을 읽어도 편한 독자가 되지 못한다. 그런데도 보이지 않는 포박에 걸린 양 벗어나질 못한다.

스스로 선택한 포박, 그 안에서 우리는 때를 기다리는 애벌레처럼 시간을 견딜 수밖에 없다. 그동안 상처가 되기도 하고 치유가 되기도 하는 수필 쓰기를 반복하다 보면 한 권으로 묶을 만큼의 글이 쌓인다. 그때가 드디어 고치에서 나올 시간이다.

자신의 이름으로 된 한 권의 책. 이것은 우리를 역전의 용사로 만들어 줄 방패고 창이다. 그동안 떨떠름한 표정으로 보던 남편을 단숨에 무너뜨릴 수 있는….

그때는 아무것도 하지 않아도 된다. 아내가 자신의 이름으로 책을 냈다는 사실만으로도 남편은 백기를 든다. 한길을 묵묵히 걸어온 아내의 끈기에 감탄할 뿐 아니라, 자신이 몰라봤던 재능에 놀란다. 무엇보다 남편은 자랑거리가 생긴 것에 좋아한다.

아내가 음식을 잘 한다고 수백 명을 집에 초대할 수는 없지만, 아내를 자랑하기엔 한 권의 책 만한 게 없다. 남편이 권위적이고 명예욕이 많을수록, 남편은 보통 여자가 아닌 아내를 둔 자신을 알리고 싶어 한다. 남편의 주위 사람들도 비슷한 성향인 사람들이다 보니 부러워한다. 여자들은 칭찬에 인색하지만 오히려 남편들은 부러움을 표현하는데 솔직하다.

처음엔 자기 페이스를 유지하려고 모른 척하던 남편이 며칠 못 버티고 아내에게 다가온다. 여전히 권위적인 척해도 눈동자는 살짝 흔들릴 테니 잘 관찰할 것.

"흠, 흠. 거 몇 권 줘 봐. 어떻게 알았는지 당신 책 좀 달라고 하네. 기왕이면 사인도 좀 하고."

어떻게 알긴, 적어도 한 사람에게는 흘렸다는 증거다. 귀찮은 부탁을 받은 것처럼 행동할수록 이미 남편은 세탁된 후다.

그 후론 우렁각시 노릇은 하지 않아도 된다. 어느 집은 남편이 우렁각시 노릇을 한다는 소문도 있다.

수필가 중에는 남편의 지지보다 무관심과 무시를 받는 사람이 꽤 많다. 수필가뿐이겠는가. 부부로 살아가면서 '남편'

이 '남 편'으로 느껴질 때가 한두 번일 것이며, 곁에 있어도 외롭게 만드는 경우가 얼마나 많은가.

우리에게 반란을 꾀할 수 있는 특급무기가 책이라고는 했지만, 그것은 어디까지나 방법 중 하나일 뿐, 어쩌면 진정한 무기는 '자신을 찾는 것, 나를 사랑하는 것'일지도 모른다. 결국 남편이 손에 든 것도 한 권의 책이 아니라 '아내'보다 '한 사람'으로 인정하게 된 자신의 변화일 수도.

남자의 눈물은 두 번 볼 게 아니다

❀

저 남자가 그 남자 맞나? 어떻게 나를 못 알아 볼 수 있지? 내 앞에서 눈물까지 보여 놓고선. 그게 창피해서 모르는 척하는 걸까?

며칠 만에 변해버린 남자의 태도에 무안하고 당혹스러웠다. 그러나 아무리 봐도 나를 잊은 게 분명했다. 그 남자가 연기를 할 만큼 용의주도하지도 않을뿐더러, 정신없이 바쁜 상황에 그런 생각을 할 틈도 없어 보였다. 나 또한 남자가 나를 알아보지 못했다고 해서 감정의 동요를 느낄 것도 없었다. 아무 사이도 아니니 말이다. 남자는 과일가게 주인이고 나는 그 가게에 처음 간 손님이었을 뿐. 그러니 남자와 주고받은 것이 과일 몇 개와 그에 상응하는 금액이면 족했을 사이다.

그런데 주고받은 게 더 있었다. 과일하곤 상관없는 몇 마디의 말이 그것이다. 그러느라고 과일 몇 개 사는데 30분도 더 걸렸다. 물건을 살 때 꼼꼼하게 살피는 성격이 아니라서 손에 집히는 대로 가져 왔으면 5분도 걸리지 않았을 텐데.

토마토 바구니를 하나 잡아 셈을 하려 하자, 남자가 빈 바구니를 건네면서 수북이 쌓인 토마토 더미에서 마음에 드는 것으로 골라 담으라고 했다. 진열된 바구니를 커닝하면서 비슷한 개수를 담았는데, 더 담으라는 소리를 몇 번이나 했다. 한껏 올린 토마토가 탑을 쌓아 마지막 올린 것이 굴러 떨어질 정도가 되어서야 비닐봉지에 담아주었다.

생각지도 않았던 친절에 몸 둘 바 모르겠는 심정으로 이번엔 포도 상자 하나를 가리켰다. 그러자 남자는 농익어 상품 가치가 좀 떨어져 보이는 복숭아 네 개를 덤으로 챙겨 주었다. 그러는 사이 남자는 폭포처럼 자신의 이야기를 쏟아냈다.

한 남자의 오십 년 인생은 30분 안에 압축되었다. 그럼에도 대하소설처럼 유장했다. 한참 듣다 보니 그의 스토리는 판소리에 가까웠다. 원래 목적이었던 토마토나 포도는 그의 스토리를 열기 위한 표지로 주객이 전도된 셈이었다. 항상 그랬듯, 나는 그날도 흥미로운 스토리에 꽂혀 방향을 잃고 말았다.

"해병대 간 아들 녀석이 편지를 보냈지 뭐유. 아버지 술 좀 적당히 드시라고. 곁에 있을 때처럼 잔소리를 썼는데 그게 왜 그리 맘 짠한지, 어제 오늘 한 방울도 안 마셨다오."

"부자간에 정이 돈독하신가 봐요. 아들도 살갑고 아들 말 듣는 아버지도 대단하시고요."

"젖동냥해서 키운 아들이니까요."

서두부터 '현대판 심청전' 아닌가? 무슨 이유인지 묻지 못했지만, 혼자 남매를 키웠는데, 아들을 키울 땐 심 봉사 심정이었다고 했다.

서른 언저리의 젊은 남자가 어린 남매를 키웠던 세월이 어땠을지, 짐작이나 상상하기가 어려웠다. 그렇게 키운 남매가 성장해서 둘 다 군대에 갔다고 했다. 누이가 공군에 입대하고 동생이 해병대에 갔다는 부분에 이르러서야 남자의 말에 힘이 실리기 시작했다. 나도 일주일 전에 육군 일병인 아들을 면회하고 온 엄마였다. 대한민국의 자랑스러운 군인 아들을 둔 부모라면 다른 건 몰라도 아들 얘기만으로도 소통 가능한 사이가 아닌가. 더구나 국방의 의무를 넘어서 선택을 한 여군 아버지 앞에서야.

"공군에 간 딸 이름이 안나예요."

고개를 드니 간판이 '안나네 가게'였다.

"제 유아세례명도 안나인데요."

말 그대로 유아 때의 세례명일 뿐 평생 써 본 일 없는 이름까지 대면서 나는 남자의 말에 추임새를 넣었다.

"우리 안나가 이미 입대할 날짜를 받아 놓고는 '아빠, 나 공군이 되고 싶어' 하길래 네 뜻대로 하라고 했더니, 냉큼 일주일 후에 간다고 했을 땐 좀 섭섭합디다. 근데 우리 안나는 헌혈을 많이 해요. 그래서 나도 헌혈을 몇 번 했다오."

딸의 이름으로 간판을 낸 아버지답게 딸 자랑을 할 때 말에 윤기가 흘렀다.

"해병대 간 아들놈이 걱정을 많이 해요. 가면서 한참을 울더라고."

그 말을 들으니 면회 갔다 온 게 까마득한 것 같이 아들이 보고 싶어졌다.

"하루 벌이에 이문이 4만 원 남으면 나는 족해요. 그걸로 밥 먹고 장사 끝나면 이웃이랑 막걸리 한잔 하면 되지. 오늘도 벌써 그만큼은 벌었다오."

그래서 계산 없이 퍼주었을까. 남자는 내게 만오천 원어치의 과일을 파는 것에는 관심이 없다는 듯, 이야기에 열중했다. 그러는 사이 몇 번이나 눈물을 보였다.

그 남자의 이야기를 듣고 숙연한 기분으로 돌아왔다. 토마토 하나, 포도 한 알도 한 남자가 성실하게 살아온 삶의 열매 같아 허투루 다룰 수 없었다.

며칠 후 과일이 떨어져서 '안나네'로 갔다. 농협도 있고 마트도 있지만 곧장 안나네로 갈 때는 과일이 목적이 아니었다. 다 듣지 못한 스토리에 대한 기대 때문이었다. 지난번에 묻지 못했던 심 봉사 시절의 디테일한 부분까지 챙겨 들을 생각이었다.

그런데 오일장 날이라서 그런지 안나네 가게는 몹시 붐볐다. 내가 왔다는 사인을 줄 새도 없이, 남자는 바쁘게 움직였다. 그날따라 과일이 신통치 않아서 딱히 무얼 살지 정하지 못한 채 서 있다가 남자와 눈이 마주쳤다. 반갑다는 눈인사를 보내려는 찰나,

"아줌마, 안 살 거면 자리 좀 비켜요."

남자가 버럭 소리를 질렀다.

찬물을 뒤집어 쓴 기분이었다.

나는 안나네 가게에서 쫓겨나다시피 멀찍이 서서 그 남자를 바라보았다. 남자가 눈물을 보이며 심 봉사 코스프레했던 게 진심이었나, 잠깐 그의 일탈이었나.

한참 후, 며칠 전에 본 그가 봉사 맞다는 생각이 들었다. 눈앞의 사람은 보이지 않고, 자신의 삶만 보였던 거라는. 내게 했던 말과 눈물은 그의 독백이었을 거라는. 그러니 다시 온 나를 몰라본 게 당연한 일일지도 몰랐다.

그것으로 되었다. 지금 고래고래 소리 지르고, 누가 하나라도 더 챙기면 안 팔겠다고 바구니를 빼앗고… 그러면서 딸이, 아들이 보고 싶은 마음을 잊은 듯 산다면.

남자가 언제 또 제 자신과 만날지 모를 일이다. 그날 누군가는 생각지도 않게 제 값보다 많은 과일을 안고 갈지도 모르겠다. 나는 또 한 번 그 행운을 얻을 마음은 없다. 남자의 눈물은 두 번 볼 게 못 되기 때문이다.

일곱 남자, '자연인'으로 살기

❀

남편이 직장 동료들과 농사를 짓겠다고 했을 때, 코웃음부터 나왔다. 주말 부부가 된 지 몇 년. 지방에서 오가기도 바쁜데 농사지을 시간이 어디 있다고. 남편은 퇴근 후 짬짬이 하겠다더니 어느 날 가족 카톡 방에 사진을 올렸다. 장화, 밀짚모자, 호미, 삽, 곡괭이까지 농기구가 가득했다. 빈말인 줄 알았는데 어느새 준비를 끝냈다. 대뜸 얼마 들었냐고 물었다. 가볍게 이십만 원이란다.

"아니, 산 것도 별로 없는데 이십만 원이라니?"

"감자, 땅콩, 깨, 고추 모종도 샀지. 밭에 장화를 심겠어, 삽을 심겠어?"

한 수 더 떠 아재 개그까지 얹어 답을 보냈다.

그 돈이면 일 년치 채소 값은 되겠다고 하려다가 그만 두었다. 술 모임보다는 생산성 있는 일을 하겠다는데, 건강뿐 아니라 금전적으로도 나은 선택일 테니 말이다.

몇 년 전 공기업 지방 이전으로 남편의 회사도 김천으로 내려갔다. 젊은 사람들은 가족과 함께 이사를 했지만, 정년 퇴직이 가까운 사람들은 대부분 주말 부부를 택했다. 남편과 농사를 짓기로 한 남자들도 우리와 사정이 비슷한 부장급들이었다.

그 중 김 부장이 회사 근처에 천여 평의 땅을 샀다. 그 땅에 농사를 짓자는 제안에 여섯 명의 남자들이 의기투합했다. 농사의 '농'자도 모르는 도시 남자들이 뭉친 이유는 어려서부터 부모님을 도와 농사일을 해 본 정 부장이 있기 때문이었다.

첫 해 농사는 정 부장 지휘 아래 감자와 땅콩을 심었다. 남편은 검정깨도 심었다며 자랑했다. 일곱 명의 남자들은 출근 전에 밭에 가서 물을 주고, 퇴근하자마자 달려가 해가 넘어갈 때까지 풀을 뽑았다. 농사에 재미를 붙이다 보니 주말에 올라오는 횟수가 점점 줄어든다고 했다. 하긴 정년이 멀지 않은 부부에게 여태 깨 볶을 일이 남았을까. 차라리 참깨 한 말 수확해 가면 아내가 더 반길 거라 생각한 모양이었다. 아내 입장에서는 그것도 반갑고, 주말에 오는 남편 시중

들 일을 더는 것도 반가울 텐데, 순진한 남자들은 거기까진 몰랐을 게다.

남편만 눈치 없이 꼬박꼬박 올라오더니 그 결과가 추수 때 나타났다. 남보다 늦게 심은 감자와 땅콩은 알이 잘았다. 그나마 깨 농사는 잘 됐다고 하더니 다 된 밥에 코를 빠뜨리고 말았다. 수확한 깨를 씻겠다고 물에 담가놓고 올라와서 주말을 보냈기 때문이다. 월요일 퇴근 후 집에 들어서니 어두운 주방이 환한 것이, 난생처음 보는 새싹들이 반색하며 손을 흔들더라나. 깨에서 싹이 튼 것이다. 타작한 깨는 씻지 않고 보관해야 한다는 것을 초보 농군은 알지 못했다. 남편은 한탄과 자책을 했다. 나도 비싼 흑임자를 날린 것을 생각하면 아까웠지만, 풀죽은 남편 앞에서 내색할 수 없었다.

그 후로도 남편이 보내는 사진은 밭에서 일어나는 일로 가득했다. 봄에 비닐하우스를 만든 것도 그 중 하나였다. 쉼터 겸 창고 용도였다. 한쪽은 고추를 말리거나 땅콩을 널었고, 한쪽은 검은 천으로 천장을 씌웠다. 비닐하우스 안에 싱크대, 샤워 시설까지 갖추고 소파, 테이블, 냉장고, 가스레인지까지 갖다 놓았다. 평상을 만들고 전기장판도 깔았다. 아파트 단지를 돌다가 쓸 만한 게 있으면 서로 연락하여 옮겼다고 한다. 자신의 집이라면 들여놓을 일 없는 잡동사니와 재활용품이었지만, 한 가지씩 늘어날 때마다 자랑했다. 주워온 무드 등까지 걸어놓고 남자들끼리 잡는 무드는 어떤 분위기인지. 그러면서 남자 일곱이면 못 할 게 없다고 큰소리쳤다. 보기에도 비닐하우스지만 창고 수준을 넘어 제대로 살림을 갖춘 집이긴 했다.

나는 일곱 남자가 '나는 자연인이다'라는 프로그램을 너무 봤지 싶었다. 내 눈에는 산에서 혼자 자급자족하는 남자가 정상으로 보이진 않는데 직장에 매인 남자들에겐 로망이라고 한다. 그러니 퇴근 후와 주말이라도 자연인이 되고 싶은 모양이다. 소파에 누워 리모컨이나 조작하는 것보다 그 손에 삽이니 곡괭이를 잡는 순간 희열이 다를 테니 말이다.

남편이 땅콩 밭의 김을 매야 한다는 어느 토요일, 일손을 보탤 겸 그들의 아지트가 궁금해서 내려갔다. 남자들 마음을 빼앗은 실체를 보고 싶었다.

마침 일곱 남자가 다 모였다. 낚시를 좋아하는 이 부장은 쏘가리와 꺽지를 잡아 왔고, 등산을 갔던 정 부장과 성 부장도 달려왔다. 막내 남 부장이 막걸리 심부름을 했다. 쏘가리를 넣은 라면에 꺽지 회까지 한 상 차려 둘러앉았다.

막걸리가 몇 잔 오가는 사이, 나는 좌중의 중심이 되었다. 분위기를 주도하려면 그곳의 정서에 맞는 이야기로 관심을 끌어야 했다.

"개구리 고기 먹어 본 사람?"

내가 운을 떼자마자 겨울 개울가가 눈앞에 펼쳐졌다. 누구는 동면하는 개구리를 찾아내고, 누구는 나뭇가지를 주워와서 불을 지피고, 처음 먹어보는 누구는 쓸개까지 먹었다가 곤혹을 당하고… 저마다 한마디도 지지 않았다. 이어 '싸이나'로 꿩 잡는 얘기, 토끼 가죽 벗기는 얘기까지. 어렸을 때 시골에서 외삼촌을 따라서 들로 산으로 쏘다닌 경험이 빛을 발하는 순간이었다. 그쯤 되니 일곱 남자의 눈동자는 내게 붙박였다. 마치 백설공주를 둘러 싼 일곱 난쟁이들처럼.

나는 그 남자들에게서 소년을 보았다.

남이 버린 소파를 무슨 보물이라도 찾은 양 신나서 말하는 성 부장.

"우리 집 소파보다 좋은 가죽이라니까."

부인이 곁에 있었으면 몇 군데 꼬집혔을 발언이다.

자기만 아는 싸리버섯 군락지를 자랑하는 정 부장, 꺽지 잡는 방법을 알려주는 이 부장, 무조건 형님들 뒤만 따라가겠다는 남 부장… 하나 같이 머리 허연 열댓 살 소년들이었다.

이야기는 돌고 돌아 다시 농사 일로 돌아왔다. 누군가 윗

집 밭에 멧돼지가 습격해서 고구마 농사를 망쳤다는 말을 꺼냈다.

"철망 쳐야 하는 거 아니야?"

"덫을 놓는 게 낫지 않아?

의견이 분분했다.

"밭 지키는 개를 키우는 건 어때?"

"아, 그게 좋겠다. 진돗개 한 마리 구하자."

"진돗개보다는 풍산개가 더 영리하지. 어렸을 때 우리 집에 풍산개가 있었는데 말이지."

이야기는 '개 판'으로 넘어갔다.

"이런 벌판에 개를 데려다 놓으면 밥은 누가…."

내 말은 중간에 싹둑 잘렸다.

그들은 개 이야기로도 밤을 샐 참이었다. 하긴 수렵 생활의 완성은 사냥개일 테니.

문득 돌아보니 천 평의 밭은 끝없는 초원으로, 앞에 앉아 있는 남자들은 돌도끼 하나씩 야무지게 들고 있는 원시인으로 보였다. 결의에 찬 원시인들에겐 노동력 없는 여인네는 보이지도 않는 모양이었다.

일곱 난쟁이에 둘러싸인 백설공주는 벌써 물 건너 간 뒤였다.

미쓰 랴와 톰과 제리

❀

　직장 생활을 했던 20대 '미쓰 리' 시절, 나를 '미쓰 랴'라고 부른 사람은 직원 식당의 톰 아주머니였다. 나뿐 아니라 다른 사람 호칭도 독특하게 부르는 바람에 멀리서 들어도 톰 아주머니란 걸 금방 알 수 있었다. 총무과 김 언니는 '미쓰 김 양 언니야', 발송과 박 씨는 '미스타 박 주임아' 하는 식의 호칭 때문에 제리 아주머니에게 종종 핀잔을 받곤 했다. 부를 때 시간을 많이 쓴다는 이유였다.

　"왜, 삼천갑자 동방삭이를 찾지, 이름 부르다 날 저물겠네."

　하루도 곱게 넘어가지 않는 제리 아주머니의 핀잔주기는 톰 아주머니의 늘여 부르는 버릇을 예외 없이 꼬집곤 했는데, 그래서였는지 나에겐 '미쓰 리야'를 '미쓰 랴'로 줄여 부르는 것으로 모처럼 기지를 발휘했다.

"흥, 달력도 볼 줄 모르는 주제에 꼬부랑 말이라고 쓰는 게 미쓰고 미스타여."

두 사람은 디즈니 애니메이션에 나오는 톰과 제리처럼 아옹다옹하면서도 손발이 척척 맞았다.

식당의 주방장 제리 아주머니는 작고 마른 몸으로 민첩하게 움직였다. 아주머니는 서너 시간 안에 수십 명 넘는 직원의 점심 준비를 해야 하기 때문에 오전에는 늘 신경이 곤두서 있었다. 넘버 투인 톰 아주머니는 몸집도 성격도 곰돌이 푸를 닮았지만, 볼 때마다 주방장 아주머니에게 몰리는 모습이 톰 같아서 여직원들은 두 사람을 톰과 제리로 불렀다. 그러나 두 아주머니는 그저 영어 식 이름이려니 했을 뿐, 쥐와 고양이를 빗댄 별명이라는 것을 알지 못했다. 하루 종일 식당 안에서 종종걸음 쳐야 하는 아주머니들로선 무슨 뜻인지 궁금해 할 시간조차 없었다.

제리는 출근 시간보다 일찍 나와서 식자재를 받는 일부터 영양사가 짠 식단대로 조리하는 과정 모두에 사명감이 대단한데 반해 톰은 지시만 따르면 된다고 생각해서인지 매사느긋했다. 무거운 것을 도맡아 들고 잡일도 당연한 양 톰의 몫이었지만, 늘 불평 없이 해냈다. 그런데도 제리는 톰이 느려 터져서 자기 속이 터진다고 했다.

자재과 미스 리인 나는 근무 시간에 자리를 비우고 식당에 자주 어슬렁거렸다. 낙하산으로 입사한 주제에 눈치가 없어도 너무 없었다. 아버지가 20년 넘게 다녔던 제약회사의 용인 공장에서 사고를 당해 돌아가신 지 일 년 후에 사장님 '빽'으로 입사한 자리였다. 직원들은 전 동료의 딸이라 그런지 관대하고 친절했다. 나 또한 얼마 지나지 않아 내가 사무실보다 회식이나 야유회에서 더 빛을 발한다는 것을 입증하면서 나름대로 자리를 잡아갔다.

자재과 장부 정리는 바쁠 게 없는 일이었다. 매일 들어오는 원료의 입고 전표와 제품 출고 전표를 정리하는 것으로, 월말 합계 때 외엔 한가한 시간이 많았다. 오전에 정리를 끝내면 회사 정원 연못가에서 책을 읽거나 편지를 쓰는 등, 나가 놀아도 뭐라는 사람이 없었다. 오후엔 주전자에 커피를 타서 몇 군데 도는 것도 내 멋대로 정한 일과였다. 경비실, 보일러실, 세척실 같은 곳을 돌아다니며 아주머니, 아저씨들에게 커피를 돌리곤 했다. 그분들은 내가 탄 커피가 최고라며 엄지를 들어 올렸다.

여름에 냉커피를 타려면 식당의 얼음을 써야 했기 때문

에, 어느덧 식당이 오래 노는 장소가 되었다. 한창 바쁠 때 같이 채소라도 다듬으면 두 아주머니들이 그렇게 반색할 수 없었다. 제리 아주머니가 특히 나를 예뻐해서 며느리를 삼고 싶어 했다. 그러나 나는 아주머니가 알고 있는 상냥하고 착한 미스 리는 아니었다.

'내가 용인 촌구석에 있는 공장으로 출근한다고 순진하게 보신 모양인데, 아니거든요. 통근 버스가 서울에 도착한 순간부터가 진짜 내 세상이라고요.'

퇴근 후 종로나 명동의 화려한 네온사인과 인파에 휩싸이는 순간부터 나는 낮과 밤이 다른 여자였다. 어디서나 생맥주는 거품을 물고 반겼고 비 오는 날은 주점의 파전 냄새가 발목을 잡았다. 호프집으로 주점으로, 주종에 따라 만날 친구들도 많았다. 다음 날 쓰린 속을 달래느라 식당에 드나들었던 것을 아주머니들이 알 리 없었다.

어느 날 오전, 사무실 일층에 있는 화장실에 앉아 있을 때였다. 갑자기 쿵쿵거리는 소리가 나는 것으로 보아 톰 아주머니가 들어온 게 분명했다. 아주머니는 숙녀용 화장실은 노크도 안 하고 곧바로 신사용 화장실로 뛰어들었다. 이어 시원하게 터지는 소리, 만성변비에 걸린 사람들이 학수고대하는 시간이 아주머니에겐 잠시의 틈도 주지 않고 들이닥친 모양이었다. 벽 하나를 사이에 두고 듣는 사운드, 누구나 짐작할 수 있는 소리지만 그대로 쓰는 것이 불편을 유발할 수 있으니 이렇게 들렸다고 하겠다.

"뺨빠라밤~ 뺨빠!"

그 다음 들린 소리는 사실 전달을 위해 실례를 무릅쓰고 들은 대로 쓰겠다.

"아이, c8, 바빠 죽겠는데 똥까지 나오고 g랄이야."

순간 나는 숨을 죽였다. 왠지 옆 화장실에 사람이 있다는 것을 알려서는 안 될 것 같았다. 알량한 선의로 아주머니가 거사를 완수하고 돌아갈 때를 기다렸다.

물 내리는 소리, 거칠게 문 닫는 소리는 들렸지만 손 씻는 소리는 들리지 않았다. 아주머니가 간 것을 확인하고 나와서 손을 씻는데 자꾸만 웃음이 삐져나왔다. 제리 아주머니의 지청구가 아니어도, 톰 아주머니에게도 당신의 원활한 대장 활동까지 욕할 만큼 바쁜 시간이었던 모양이다.

그것은 내가 들어본 중 가장 건강하고 경건한 욕이었다. 달력을 못 읽어 초복, 말복이 언제인지 모르면 어떤가. 발로 뛰고 몸으로 부딪치며 저리도 치열하게 살아가는데.

그런데 웃음이 채 가시기도 전에 가슴이 먹먹해졌다. 근무 시간에 책을 읽고 유유자적 돌아다녔던 나를 다른 시선으로 돌아본 순간이었다.

본사 사무실 자리를 기다리지 못하고 서둘러 공장으로 출근하겠다고 한 건 아버지를 잃고 무기력에 빠진 엄마를 보기 싫어서였다. 그러나 나또한 자신을 추스르지 못한 모습을 보이고 있었던 것이다. 사적 감정이 허용되지 않는 직장에서.

집에 가기 싫어서 퇴근 후 늦도록 헤맸던 일, 겨우 출근을 하면 식당 방에 가서 웅크려 잤던 일, 그것을 책하지 않고 눈감아준 상사와 동료들…. 고맙고도 부끄러웠다. 어쩌면 톰과 제리 아주머니가 숨 돌릴 틈 없이 사는 모습이 바로 내 아버지가 살았던 시간들이란 것도 그제야 알았다. 내가 오후만 되면 커피를 타서 아주머니, 아저씨를 찾아갔던 이유를 알 것 같았다. 그분들에게서 아버지를 보았기 때문인 것을.

사무실 3층 창고에 아버지가 쓰던 책상이 있다는 것을 알면서도 가 본 적은 없었다. 그날 창고에 가서 책상을 쓰다듬으며 한바탕 울음을 토해내고 내려 왔다. 아버지에게도 고맙고 부끄러웠다.

오후에 여느 날처럼 커피를 타서 식당에 갔다. 채소를 다듬던 아주머니들이 잠시 손을 쉬었다.

"미쓰 랴, 어째 커피 맛이 더 좋아진 것 같다."

톰 아주머니 말에 제리 아주머니도 거들었다.

"정말 그러네. 뭘 탔다냐?"

이번엔 제리 아주머니의 눈치가 한발 늦었다. 나는 딴청을 피웠다.

"올해도 앵두랑 보리수 딸 때 저 부르세요. 술 담그면 몰래 한 병 주시고요."

"그럼, 그럼."

"당연하지, 우리 미쓰 랴 안 주면 누굴 줘."

아주머니들이 동시에 대답했다.

3월이 오고 뱀이 눈 뜨면

❀

"휘이, 휘이익…."

뱀이 보내는 신호다. 한밤의 검은 휘장을 찢는 소리, 무겁게 내리누르던 적막을 걷어 올리는 소리, 잠잠한 대기를 휘저어 바람을 일으키는 소리….

나에게는 그것이 봄이 왔다는 신호다.

3월 26일 새벽 3시. 작년보다 이틀이나 늦었다, 날짜를 확인하면서 먼저 든 생각. 작년엔 3월 24일에, 그 전 해엔 3월 25일에 그 소리를 들었다. 날짜를 기억하는 이유는 그 해의 3월은 그 날이 마지막 날이기 때문이다. 자투리 날들은 4월에 이어 붙인다. 내 달력엔 4월 35일인 해도 있고 4월 37일인 해도 있다. 봄을 맞이하는 나만의 방식이다. 다른 사람은 남녘의 꽃소식으로, 아니면 달라진 기온으로 봄을 느끼겠지만, 나는 다르다. 뱀이 신호를 보내야 봄이 시작된다.

"휘이익…"

밤에 듣는 짧고 높고 강한 외마디 소리. 그것은 어떤 소리와도 섞이지 않는다. 깜깜한 허공을 간단없이 가르고 저쪽 산에서 이쪽 산을 일직선으로 가로지른다. 그 소리에 대기가 움찔하는 것을 나는 이불 속에서도 느낀다.

뱀은 그렇게 눈을 뜬다.

"어젯밤에 뱀이 울었어. 드디어 봄이 온 거지."

내가 들뜬 목소리로 전화를 하면 사람들은 의아해 한다. 왜 하필 뱀이냐는 것이다. 민들레 싹이 나왔다든지, 매화가 벙글었다든지 얼마든지 봄을 발견할 수 있는 게 지천인데 뱀이라니…. 밤중에 음산하고 괴기스러운 소리를 들으면 무섭지 않느냐고도 한다. 그래서 그 소리를 얼마나 기다렸는지 말하지 못한다.

"이맘 때 뱀이 내는 소리는 동면에서 깼다는 신호야. 사실 뱀은 소리를 내지 못해. 성대가 없거든. 몸통의 수백 개 뼈 마디를 부딪쳐 나오는 커다란 숨, 그러니까 한숨인 셈이지."

그런 말을 하다 보면 애틋하고 절실한 감정이 가슴 밑바닥부터 차오르곤 한다. 해마다 3월이면 어김없이 도지는 불안과 우울증, 무력감으로 얼마나 힘들었는지, 오래전 우연히 뱀이 우는 소리를 들었던 날부터 말끔히 털고 일어났다는 것을 말로 설명하기 어렵다.

어렸을 때는 3월 한 달이 막연히 힘들었다. 3월이 되어 학년이 바뀌면 선생님과 친구가 바뀌는 것이 낯설었다. 새롭게 시작하는 모든 것이 두려웠다. 선생님과 친구들이 나를 어떻게 생각할까 걱정이 되어 짐짓 명랑한 체하며 먼저 다가가곤 했다. 사실은 그러고 싶지 않은데 가만히 있는 것도 불편해서였다. 집에 돌아올 땐 그날 했던 행동이 후회스럽기까지 했다. 소심한 나와 안 그런 척하는 나는 좀체 손잡지 못했다. 진학도 마찬가지였다. 중학생이 되어서는 초등학교를 찾아가고, 고등학생이 되고도 중학교 교정을 배회하곤 했다. 나는 앞으로 나갈 생각은 안 하고 뒷걸음질을 했다.

중 3이 된 3월 어느 날, 더 이상 아이가 아니라는 것을 일깨워 준 생리혈을 발견했을 때, 나는 내 몸이 싫었다.

그보다 더 견디기 힘든 것은 스무 살의 3월이었다. 친구도 선생님도 곁에 없는 사회에 내몰려서 이름 대신 '미스 리'로 불렸을 때, 그 3월은 유난히 바람이 맵고 시렸다.

그뿐일까. 소중한 사람들은 3월의 문턱을 넘지 못하고 내 곁을 떠났다. 아버지도 은사님도 그리고 몇 사람이…. 봄에 희망을 거는 게 가당치 않다는 듯 냉정하고 오만하게 등 돌린 3월은, 마른 잔디를 입힌 무덤가에 남은 사람들을 세워 놓았다. 그 자리는 떠난 사람의 빈자리보다 산 사람들이 앞날을 걱정하느라 '제 설움에 겨워 우는' 자리였다. 남은 사람들은 이전과는 달라진 현실을 받아들여야 했다. 새 학년이나 첫 사회생활과는 비교할 수 없이 낯설고 불안한 날을 앞에 내놓는 3월은 계절이 아니었다. 불온한 경계일 뿐.

오랫동안 3월이 되면 어김없이 우울과 불안이 도져서 포승줄에 묶인 것처럼 한 발자국도 나가지 못했다. 어렸을 때 줄에 묶였던 코끼리는 나중에 그것을 풀어주어도 제 반경을 넘지 못한다는데 3월 한 달을 해마다 그렇게 허비했다.

그러다 깊은 밤에 고음의 휘파람 소리를 들었다. 고막을 뚫고 가슴을 관통하는 그 소리는 다음 날, 그 다음 날에도 들렸다. 전신을 관쓸 삼아 토해내는 큰 한숨 같았다. 나는 드디어 뱀이 눈을 떴다고 생각했다. 근거도 없이, 내내 찍어 누르고 있던 무기력과 불안을 거둬줄 거라고 믿으면서 잠에 빠져 들기 시작했다. 그렇게 10년 가까이 뱀이 우는 소리에 기대어 3월을 견딜 수 있었다.

그런데 어떤 사람이 하는 말이 그 소리는 뱀이 우는 소리가 아니라고 했다. 내가 올해는 뱀이 이틀 늦게 울었다는 말을 했을 때였다.

"아니, 그러면 나는 누가 일으키라고…"

마치 일 년 내내 3월에 갇혀 지내야 한다는 말처럼 들렸다. 뱀이 3월 말에 동면에서 깨는 것도 이르다는 말은 귀까지 전달되지 않았다. 그러고 보니 내가 뱀이 운다고 했을 때 남편이 돌아누우며 무슨 소리냐고 했던 기억이 났다.

환청이었을까. 하루 이틀 차이나는 날짜까지 기억하고 있는데…. 아무리 생각해도 그 소리는 새나 다른 짐승이 낼 수 있는 소리가 아니었다. 목에서 나오는 소리로는 대지를 흔들 만큼 진동을 전달할 수 없을 테니까. 그것은 뱀의 신호여야 했다, 적어도 내겐.

겨울 동안 뜬눈으로 웅크리고 있던 뱀이 일어날 때는, 봄을 기다렸던 것이 아니라 독니로 겨울의 허리를 끊어 버리는 것이어야 한다. 대기가 따뜻해져서 땅으로 나오는 것이 아니라 냉혈의 몸을 비벼 대기를 덥히는 것이어야 한다. 차가운 공기를 기다란 몸 깊숙이 들이마셔서 한 번에 토해낼 때, 뜨거운 한숨이 대지를 녹이는 것이어야 한다. 뒤로 갈 수 없는 뱀이 앞으로만 가든 대가리를 돌려가든 제 길을 찾아가듯 그에 밀려 나도 뒷걸음질을 멈추고 앞으로 걸어가야 한다.

나는 그의 말을 듣지 않기로 했다. 그래야 일어날 수 있기 때문이다. 뱀의 신호로 우울에서 조증으로 튀어 오르듯, 방치했던 삶을 알뜰하게 써야 하기 때문이다. 그때부터 부리나케 청소를 하고 세탁기를 돌리고 꽃모종을 사다 심고 사람들을 만나러 나갈 수 있으니 말이다.

그러는 동안 그 소리가 들리지 않는다는 것을 깨달을 땐 가을이 깊어갈 즈음이다. 수척해진 앞산을 보며 뱀이 동면에 들 때가 가까워졌다는 것을 생각할 때는 나의 한 해도 다 간 셈. 나 또한 동면을 준비할 때가 왔음을 안다. 내 안에서 잠든 뱀이 3월이 되면 먼저 눈 뜰 것을 믿으면서, 시나브로….

파리에게

❀

　파리 한 마리가 눈앞에서 알짱거린 지 일주일이 넘는다. 봄이 되어 나비보다 먼저 본 것이 파리다. 그것에 비위가 약간 상한다. 나는 봄에 흰 나비보다 노랑나비를 먼저 봐야 행운이 온다는 말에, 날개 있는 작은 것이 팔랑거리면 일단 눈을 가늘게 뜨는 버릇이 있다. 혹시 날개가 흰색이면 얼른 눈 감아버리려는 속셈이다. 노랑나비를 먼저 보고 싶은 이 작은 소망을, 거무튀튀한 것이 뛰어들어 망치다니.

　내 기분은 아랑곳없이 파리는 제가 들어온 공간이 무척 마음에 드는 모양이다. 살림엔 도통 관심 없는 여자가 마구 벌여놓은 부엌이야말로 파리의 천국일 테니. 멀리 찾아다닐 것도 없이 식탁 위 빵부스러기며 싱크대 음식찌꺼기 속에서 마냥 노닌다. 그 정도라면 나도 봐줄 수 있다. 제까짓 게 먹어야 얼마나 먹을 거며, 내 먹거리는 안전하게 냉장고에 들어 있으니 맘껏 포식하도록 선심 쓸 생각이다.

그런데 놈이 배가 부르자 슬슬 유람에 나서더니 기어코 컴퓨터 앞으로 온다. 나는 문장이 풀리지 않아 조사 하나 갖고 씨름하고 있는데, 굳이 참견하려 든다. 한 손은 자판에 놓고 한 손으론 휘휘 저으며 가까이 오지 말라고 경고했지만, 아무래도 내 경고가 우습게 보이나 보다. 저리 가라는 손짓에 살의가 없음을 아는 게 분명하다. 파리 평생을 배불리 먹고 실컷 날아다녀도 부딪쳐 죽을 일 없는 넓은 공간에서 하필이면 나만 따라 다니며 방해하다니….

촉수를 높이 뽑아 올려도 수신이 될까 말까 한 영감靈感과의 교감을 방해하는 놈에게 기어코 화가 폭발한다. 파리채를 집어 든다. 내 기필코 놈을 박살내어 안테나를 사수하리라. 마치 글쓰기가 막힌 것이 파리 때문인 것처럼 전의를 불태우며 파리채를 휘두른다. 그러나 아무리 전의가 활활 타오른다 해도, 그것만 가지고 전장에서 이길 수 있는 것이 아니다. 전략과 전술 없이는 질 수밖에 없다는 것을, 그 작은 놈이 몸소 가르치겠다는 게 아닌가.

간발의 차이로 날아올라 저쪽으로 가버린 녀석. 엉덩이를 씰룩거리며 아주 재미있다는 폼이다. 나는 다시 파리채를 내리꽂는다. 역시 헛방이다. 그렇게 몇 번이나 놓치다보니 본질이 흐려진다. 컴퓨터 커서는 저 혼자 껌벅이고, 약이 오를 대로 올라 감정제어가 안 되니 글쓰기는 물 건너가고 만다.

내가 파리채를 휘두르면서도 저를 죽이지 못할 거라는 걸 파리는 알고 있을까. 그저 혼자 있는 여자가 무료할까 봐 같이 놀아주려고 집적댄 걸까. 문득 또 발동한 병이란 생각에 피식 웃음이 난다. 어쭙잖게 사물을 의인화하는 버릇 말이다. 오래전에 그것 때문에 전략과 전술을 포기한 기억이 난다.

20여 년 전의 일이다. 유난히 집에 파리가 많이 들어온 해였다. 남편은 팔의 일부라도 되는 양 파리채를 끼고 살았다. 파리 한 마리만 보여도 파리채를 날려 단방에 잡았다. 그러곤 죽은 파리를 한데 모아놓고 숫자를 세며 의기양양해했다. 파리채를 두 번 흔든 적이 없다면서. 처음엔 그러려니 했다. 그런데 점점 갈수록 파리 잡기는 그의 취미이자 특기가 되기 시작했다. 내가 못 잡을수록 자신의 능력을 과시하려고 했다. 내 눈엔 파리 잘 잡는 걸 자랑스러워하는 남편이 어이없었다. 게다가 그 일에 중독되어 잠 잘 때 빼고는 파리채를 놓지 않는 것도 못마땅했다.

적어도 결혼할 때는 어떤 위기에서도 나를 지켜줄 거라 믿었던 남자였다. 파리는 내게 위협적인 상대가 아니다. 그러니 남편을 고맙거나 든든하게 여길 리 만무하다. 세상엔 몰두할 일이 좀 많은가. 거창하거나 생산적인 일까지 바라지는 않아도 리모컨 못지않게 그와 한 몸이 되다시피 한 파리채를 보는 것은 내가 그렸던 남편의 모습이 아니었다.

멋모르고 들어왔다가 죽어가는 파리가 불쌍하기까지 했다. 나중엔 역지사지 감정까지 생겼다.

전생에 무슨 죄를 지어서 나비처럼 화려한 옷 한 번 입어보지 못하고 평생 검은 옷에 갇혀 살아야 하나. 모기처럼 남을 괴롭히기를 하나, 벌처럼 저를 방어할 화살 하나 가졌나. 먹어봐야 사람 눈엔 덜어낸 흔적도 보이지 않는, 밥풀떼기 표면이나 핥을 뿐인데, 무슨 억하심정으로 죽이려 드는가.

파리 입장에서 생각해 보니 죽어가면서 파리가 마지막 본 것이, 저와 다를 바 없이 두 손 싹싹 빌며 살아가는 인간의 모습 아닐까 싶었다.

그 느낌을 시로 써서 남편 회사의 사보에 응모했다. 당선이 되어 제법 큰 상금을 받았다. 그만 좀 잡으라고 했을 땐, 한낱 미물에 감정이입을 하는 아내를 유치하게 보던 남편이 달라졌다. 파리의 심정을 헤아리기라도 한 듯, 파리채를 버리고 건전한 취미인 마라톤으로 눈을 돌렸다. 나 또한 파리를 생각해서 시를 쓴 사람답게 파리채는 시늉으로 흔들면서 이제까지 살았다.

그러니 우리 집에 드나드는 파리들은 직감으로 분위기를 알아차린 모양이다. 들어오면 유유자적 나갈 생각을 하지 않는다. 하지만 파리가 너무 방심했다. 나를 약 올리는 재미에 며칠 동안 까불었던 놈의 최후가 코앞에 닥쳤음을 몰랐으니.

주말에 온 남편 눈에 포착된 놈. 그날이 안락한 생의 마지막 날이었다. 역시 한방이었다. 남편은 변함없이 자신의 능력을 과시했다.

"나 검도 배우는 거 알지? 내 검을 피할 수 있겠어?"

검도를 배워 그렇게 써 먹을 줄은 몰랐다. 사람은 시 한 편에 쉽게 바뀌지 않는다는 걸 알고 나니 맞설 시의 한 줄도 생각나지 않았다. 그저 혼자 중얼거릴 뿐.

파리야, 인간은 어쩌면 너보다 더 많이 두 손 비비며 세상을 살아간단다. 너야 비비는 행위에 비감할 일이 없지만, 인간은 그러면서 몹시 괴롭고 자존심 상할 때가 많단다. 그래서 우리도 '목구멍이 포도청'이라는 자조 섞인 말을 하곤 하지.

그러나 그게 전부는 아니야. 무너진 자존심을 세우려고 팔을 휘두르고 검이라도 든 양 허공을 가르기도 한단다. 자신을 지키고 가족을 지키기 위해서 부단한 몸짓을 하지. 하필 그때 가까이 나타나지는 말아라.

엄마는 왕초

❀

출근길에 남편이 잊지 않고 한마디 했다. 장모님 가시기 전에 맛있는 것 사드려.

말은 살갑게 했지만 진심은 30%만 느껴졌다. '장모님, 심하게 말해서 죄송해요'가 10% 정도, 60%는 '당신, 절대 그곳에 갈 생각 말라'는 무언의 압박이었다. 그러나 엄마와 나는 남편의 등이 사라지기 무섭게 가지 말라고 한 곳에 갈 채비를 했다.

나야 준비랄 것도 없었다. 세수 생략, 헐렁한 바지와 셔츠, 챙 모자 하나 눌러 쓰는 것으로 최대한 거기 사람인 것처럼 위장하는 것. 엄마도 당연히 그럴 줄 알았다. 그런데 엄마는 꽃단장을 하고 나서는 게 아닌가. 정장 재킷에 블라우스, 어쩌다 쓰는 멋 부리기용 금테안경, 거기다 성경 가방까지.

난 잠시 엄마가 가려는 곳이 내가 생각한 그곳과 다른가 싶었다.

"엄마, 우리 꽃구경 가는 거 아니잖아. 도둑질 하러 가는 거라고."

"내 말이…. 너야말로 차림이 그게 뭐냐, 작정하고 도둑질 하러 왔다고 광고할 일 있어?"

"밭에 가는 사람이 작업복 입는 게 당연하지. 옷 버리잖아."

"그게 대수야. 잘 차려 입어야 발각돼도 지나가는 길에 우연히 차에서 내린 것처럼 보이지. 늙은이가 꽃 욕심 좀 냈다고 하면 설마 잡아가기야 하겠어."

듣고 보니 계획된 범행이 아니라 우발적인 것이라고 우기겠다는 발상이다. 그렇다면 성경 가방도 그럴 사람이 아님을 강조하기 위한 소품인가. 초범치고는 꽤 용의주도한 엄마. 기꺼이 왕초로 모실 수밖에.

전날 저녁만 해도 우리가 하려는 일이 범죄행위라는 생각은 못했다. 그저 들판에 널린 꽃 몇 포기 가져다 심으려는 건데 죄는 무슨….

집에서 가까운 농촌테마파크에 엄마를 모시고 바람 쐬러

간 길이었다. 잡초 하나 없이 잘 가꾼 공원에 꽃이 지천이어서 엄마는 아주 좋아했다. 공원을 나와 동네 길을 돌아서 올 때는 놀라기까지 했다. 논과 밭에 작물을 심지 않고 온통 수레국화와 개양귀비를 심어 놓았다. 테마가 꽃동네인 모양이었다. 언덕에서 흔들리는 붉은 개양귀비꽃은 마치 모네의 그림을 보는 듯했고 논밭에 넘실대는 청보랏빛 수레국화는 샤갈의 그림처럼 몽환적이었다. 집이 허름해도 마당에는 어김없이 꽃이 피어 있었다.

꽃이 가득한 농로를 따라 차를 몰고 가는데 엄마가 갑자기 차를 세우라고 했다. 그러곤 길가에 핀 꽃 몇 포기를 뽑았다. 내겐 익숙한 모습이었다. 엄마는 뒷산에 나물을 뜯으러 가서도 둥굴레, 은방울꽃, 산도라지 같은 것을 캐다 심었다. 우리 집에 오면 마당에 꽃을 심는 것이 엄마의 낙이었다.

그날도 수레국화와 개양귀비꽃을 가져다 심었는데, 막상 들판에 가득했던 꽃을 생각하니 몇 포기는 눈에 들어오지도 않았다. 저녁을 먹으면서 내일은 좀 더 많이 캐오자는 말을 주고받던 참이었다. 그 말을 들은 남편이 펄쩍 뛰었다. 그 꽃은 시의 소유라고 했다. 시에서 조경 사업으로 조성한 곳의 꽃을 캐오면 명백히 절도죄에 해당한다며, 잡혀가면 벌금을 물 수도 있으니 절대 안 된다고 했다.

그 말을 듣고도 길을 나섰지만 은근히 겁이 났다. 엄마도 뒷좌석에서 열심히 묵주를 돌렸다. 우리가 잡히지 않게 해 달라는 기도를 하는 것 같아서 그 모습이 죄의식을 더 부추겼다.

막상 도착하니 더했다. 어제는 행복하게 바라보던 꽃이 마치 유리 진열장 속에 들어있는 귀금속 같았다. 밭에서 일하는 사람들도 경비원으로 보였다. 우리가 손을 뻗는 순간 당장 달려올 것 같았다.

아무래도 포기해야 할 것 같아 돌아가는 길, 야트막한 산을 끼고 돌자 후미진 밭이 눈에 들어왔다. 응달이라서 사업 구간에서 제외된 듯 조성한 흔적은 보이지 않고 듬성듬성 꽃이 피어 있었다.

"여기 세워."

왕초가 결연한 목소리로 명령했다. 밭주인에게 혼나면 그뿐, 경찰서까지 잡혀가진 않을 거라고 판단한 듯했다. 작업복 입은 똘마니는 얼른 모종삽을 꺼내 밭으로 갔다. 그러나 깨작거리는 똘마니가 영 시답잖았는지, 왕초가 소매를 걷어붙이고 나섰다.

"내가 캘 테니 너는 비닐봉지에 담아서 얼른 트렁크에 실어. 누가 보면 쓱 뜨는 척해야 한다."

믿음직한 우리 왕초. 도둑질도 손발이 맞아야 한다는 것을 몸으로 가르치는 우리 엄마.

집으로 돌아왔을 땐 녹초가 되었다. 긴장이 풀린 탓이리라. 트렁크 가득 싣고 온 꽃을 심을 힘도 없었다.

"우리가 이렇게 부려 놨는데 지가 안 심고 배겨."

엄마는 그제야 뒤끝 있는 말을 했다. 전날 마치 경찰인 양 다그치던 사위에게 심사가 꼬인 게 분명했다. 장물을 사위에게 넘겨서 공범자가 되게 하자는 말이었다.

나는 남편이 퇴근하기 전에 엄마를 모시고 서울로 향했다. 남편은 밥도 못 먹고 캄캄할 때까지 삽질하는 벌을 섰다. 꽃을 심으며 억척스러운 모녀라고 웃었을까. 아니면 자신의 말을 무시한 것에 어이없어 했을까.

며칠 후 꽃이 자리를 잡았다. 남편은 그제야 흐뭇한 표정으로 엄마에게 꽃 보러 자주 오시라는 전화를 하라 했다. 그러나 엄마는 오지 않았다. 아니, 3년이 지나도 오지 못했다. 허리 병이 도져서 먼 길 오기 힘들다고 했다.

여름이 되자 엄마가 꽃 안부를 물었다.

"마당에 꽃 많이 피었지? 나 없어도 꽃 보고 내 생각하라고 그리 극성을 떨었는데…"

제대로 가꾸지 못해 꽃이 남아있지 않다는 말을 차마 할 수가 없었다.

다시 꽃을 캐다 심을 요량으로 혼자서 그곳에 갔다. 거짓말처럼 꽃이 보이지 않았다. 들판 가득 꽃이 하늘거리던 자리는 감자밭, 고추밭으로 변해 있었다. 엄마와 나는 한바탕 꿈을 꾼 것일까.

산모퉁이 후미진 밭에 가보니 꿈이 아니었다고 시들어가는 수레국화가 손을 흔들었다. 꽃이 지듯 시간도 빨리 지는 것을 몰랐냐고 묻는 것 같았다. 꽃씨를 받으면서, 아직 엄마와의 시간이 많이 남은 줄 알았다고 말하려는데 손바닥에 눈물이 뚝 떨어졌다.

꽃이 피어 있어도 들판은 적막했다.

밥값

❀

'캣 맘'이라는 단어는 알지도 못했다.

애완견을 키우는 사람들이 자처해서 개 엄마, 개 아빠라 하는 것도 못마땅했다. 그런데 '고양이 엄마'까지 있다니. 도대체 인간의 족보에 동물들이 섞인다는 게 말이 되나. 그랬던 나를 여동생도, 딸도 캣 맘이라고 부른다. 이미 캣 맘인 친구도 저희 대열에 들어온 것처럼 반기기까지 한다.

난 그럴 마음이 조금도 없었고 지금도 그렇다. 우리 집에 오는 길고양이는 배가 고파 오는 것이고 나는 음식찌꺼기를 내놓을 뿐이다. 처음엔 음식물 봉투를 자주 찢어서 비린 것을 분리해 내놓다가, 닭뼈 같은 것을 잘못 먹으면 죽을 수도 있다는 말에 발라서 내놓다가, 세제가 남지 않게 헹구어 내놓다가, 밖에서 음식물이 남으면 싸오기도 하면서 점점 고양이 밥을 챙기게 되었다. 유통기간이 지난 햄, 소시지를 버릴지 먹을지 갈등할 때 고양이가 해결해 주니 필요에 의한 공생일 뿐이었다.

그런데 처음엔 한두 마리였는데, 지난가을엔 여덟 마리까지 우리 집으로 몰려 오는 게 아닌가. 큰 놈 넷에 새끼 넷이었다. 어미가 낳은 새끼가 자라 또 새끼를 낳은 것이다. 길고양이 3대가 현관 앞 데크에서 볕을 쬐기도 하고 주차장 구석에서 자기도 했다.

가장 반긴 것은 딸이었다. 고물고물한 고양이 새끼가 마당에서 뒹구니 주말에 집에 오는 이유가 하나 더 생긴 셈이다. 딸은 상자에 천을 깔아주거나, 의자에 끈을 묶어 새끼고양이가 놀게 해 주었다.

네 마리의 새끼 중 유독 작은 검정고양이는 내 눈에도 예뻤다. 입 주위와 발목만 흰 털이어서 '하얀 장화'라고 불렀다. 꼬리가 뭉툭하게 말려 있는 것을 보고 딸은 영양부족이라고 안쓰러워했다. 그때부터 고양이 밥이 달라졌다. 지나가는 말로 여덟 마리의 고양이에게 먹일 것이 부족하다고 하자, 캣 맘 친구가 사료 두 포대를 보낸 것을 시작으로 주변에서 구호품을 보내왔다.

그렇다고 고양이들이 살갑게 구는 것은 아니었다. 현관 앞에서 기다려서 할 수 없이 사료를 들고 나가면 우르르 숨었다가 우리가 없을 때만 와서 먹었다.

딸은 고양이를 대신해서 마땅찮아 하는 내 마음을 풀어주려고 했다. 고양이는 개와 달라서 경계심이 많을 뿐더러, 개는 사람을 주인으로 보지만 고양이는 제가 주인인 줄 안다는 것이다. 고양이에게 사람은 고작 집사 정도라나. 그 정도 상식은 나도 알고 있었지만, 은혜를 모르는 동물이라는 생각엔 변함이 없었다.

은혜를 모르는 것뿐인가. 사료를 주러 갈 때마다 어미가 하악질까지 했다.

그날도 사료와 따뜻한 물을 들고 나갔다. 평상시보다 좀 늦게 나갔더니 어미가 사료 통에 붓기도 전에 내 손을 할퀴었다. 배가 얼마나 고팠으면 그랬을까, 이해하는 쪽은 딸이지 나는 아니다. 화가 났다. 겨우내 누구 덕에 먹고 살았는데 적반하장으로 덤비느냐 말이다.

"야, 이것이! 엇따 대고 덤벼? 얻어먹는 주제에. 다신 안 줘."

나는 사료를 바닥에 쏟아버렸다. 그런 놈들에게 물까지 데워 먹인 게 분했다. 놀란 고양이들이 벌써 어디론가 숨었는데도 분을 삭이지 못해 사방에 대고 고래고래 욕을 해댔다.

그 후론 밥을 주지 않았다. 고양이들도 오지 않았다. 어지간히 놀란 모양이었다. 어쩌면 '저런 못된 집사가 있나?' 하면서 아니꼽게 생각했는지도 모른다. 고양이 주제에 생각은 무슨, 나도 신경 쓸 일 하나가 줄어드니 홀가분했다.

열흘쯤 지났다. 한가하고 무료했다. 집 안이 조용했다. 문득 천장에서 쥐 소리가 들리지 않는다는 것이 떠올랐다. 늦가을이면 쥐가 들어와 겨울 내내 분탕질을 하다가 봄이면 조용해지곤 하던 것이 몇 년째였다. 처음엔 소리만 내던 놈들이 지난해엔 대담하게 부엌까지 내려와서 기겁을 한 적이 있었다. 덫과 끈끈이, 쥐약을 놓아보아도 그때뿐, 퇴치를 못하고 골치를 앓곤 했다.

지난가을에 구절초가 많이 피었던 것도, 꽃밭을 헤집던 두더지가 사라졌기 때문이라는 것에도 생각이 미쳤다.

밥만 축내는 주제에 주인 행세를 하려 한다고 생각했던 고양이 덕분이었다. 은혜 갚은 고양이라고 감동할 것까지는 아니지만, 적어도 밥값은 한 셈이었다.

눈이 왔다. 눈 쌓인 마당에 고양이 발자국이 여럿 찍혀 있었다. 앞집 할머니가 잘 챙겨 주었을 거라 생각했는데, 그래도 찾아오곤 했던 모양이다. 밥그릇을 채우고 따뜻한 물도 내놓았다. 내가 안으로 들어간 것을 확인한 후 고양이들이 모여 들었다. 며칠 새에 새끼들도 제법 커서 청년 티가 났다. 새끼들이 밥그릇에 코를 박고 먹는 동안, 손을 할퀴었던 어미는 꼿꼿이 앉아 지켜 보고만 있었다. 늘 보던 모습이지만 그날따라 뭉클했다. 새끼들을 먹이느라 굶은 어미를 위해 다시 사료를 퍼서 나갔다. 어미가 도망가지 않고 조금 떨어진 자리에서 나를 기다렸다.

"하악거리지 말란 말야. 나도 무서워."

그릇을 채우는 동안 어미는 알았다는 듯이 최대한 공손한 소리로 '야옹~' 하고 답했다. 순간 고양이와 눈이 마주쳤다. 픽 웃음이 나왔다.

"그래도 난 캣 맘 아니다. 캣 할매는 더구나 사양이다. 알지? 너, 경계를 넘지 마."

어미는 내 앞에서 허겁지겁 사료를 먹기 시작했다. 며칠 동안 새끼들을 끌고 밥을 구하러 다니는 게 무척 힘들었던 모양이다. 그런데 웬일인가. 못 본 새 새끼들만 큰 게 아니었다. 어미의 배도 불룩해 있었다.

내 눈은 홀쭉해진 사료 포대를 향했고, 입에선 저절로 한숨이 나왔다.

고양이가 사람을 길들이는 방법

❀

한 일 년쯤 지내고 보니까 나의 6대 조 할머니가 왜 이 집을 영역으로 정했는지 알 것 같다. 처음이 힘들어 그렇지 잘만 길들이면 나머지는 식은 죽 먹기라는 선견지명이 있었던 모양이다.

전해오는 말에 의하면 우리 할머니보다 앞서 이 집에 와서 간을 보고 간 몇 부류가 있었다고 한다. 그들이 오래 머물지 못한 이유는 여자 집사의 태도가 마음에 들지 않았기 때문이란다. 밥이라고 내놓는 게 마당 한쪽에 내다 버리는 음식 쓰레기가 전부인데 그조차 어쩌다 나올 뿐, 태도까지 불손하더란다. 눈길 한번 주지 않고 휙 던져주고는 바로 등을 돌리니 마음 상한 그들은 더 나은 집사를 찾아 떠났다나. 깡

무시하는 여자에게 자존심 구겼다면서.

그러나 다산 여왕인 6대 조 할머니는 끈기와 인내뿐 아니라 지혜까지 갖춘 분이었다. 다산 여왕이 공략한 것은 밥 시중을 들 여자 집사가 아니었다. 그 집사를 움직일 수 있는 존재, 바로 집사의 딸이었다. 딸은 서울에서 직장에 다니기 때문에 주말에만 왔다. 그 딸을 눈여겨본 것이다. 여왕은 현관문이 열렸을 때 집 안 곳곳에 붙어 있는 고양이 스티커를 보았다. 아직 집사가 되기에 먼 엄마보다는 고양이를 좋아하는 딸의 마음을 잡는 것이 먼저라는 것을 알아챘다.

여왕은 다른 곳에 살다 가도 주말만 되면 이 집으로 와서 자주 딸의 눈앞에 나타나곤 했다. 정원석 위에서 낮잠을 자거나 꽃밭에서 나비를 잡거나 하품, 구루밍을 하는 모습을 보여주었다. 그때는 사흘을 굶어 뱃가죽이 등에 붙는 한이 있어도 식탐을 보이지 말 것. 마치 춤을 추듯 사뿐한 걸음으로, 도도하게 고개를 쳐들고, 우아하게 한 바퀴 돌고 사라질 것. 치밀한 계산은 한 달쯤 지나 효과가 나타나기 시작했다.

'우리 집에 오는 고양이'라는 것을 인식시키게 된 것이다. 아무려면 살아있는 고양이가 스티커 그림쯤 밟아버리는 건 일도 아닐 터.

처음엔 딸의 성화에 음식쓰레기를 분류해서 우리가 먹을

수 있는 것을 따로 챙기는 것을 시작으로 여왕의 집사 길들이기는 순조롭게 진행되었다. 그렇다고 거친 음식이 하루아침에 나아진 것은 아니었다. 짜고 매운 인간의 입맛을 따라가려니 여전히 고생이었다.

그쯤에서 길들이기 다음 단계, 여왕은 자신의 계획을 실천했다. 다산 여왕의 첫 출산이 그것이다. 숨어서 낳은 새끼 네 마리가 두어 달쯤 되었을 때, 당당히 앞세워서 입성했다. 새끼들의 재롱에 껌뻑한 딸이 당장 사료를 주문했고 그때부터 여자 집사도 하루 두 번씩 때맞춰 밥그릇을 채워주었다. 역시 모성의 자극보다 더한 것은 없었다.

이 집을 영역으로 삼은 후 다산 여왕은 계속 새끼를 낳았고 나는 태어나 보니 이미 충실한 집사가 딸린 신분이었다.

그런데 자라면서 보니 좀 이상했다. 그렇게 한 집에서 몇 년을 동거했으면 사이가 좋아야 할 텐데, 우리 고양이와 집사 사이는 그렇지 않았다. 내 궁금증에 증조할머니가 못마땅한 얼굴로 대답했다.

"집사가 돼 먹지 못해서 그래. 지가 주인이라고 우긴다. 우리가 족보가 있지. 어디 제깟 인간들에게 굽히고 살 줄 아나 보지?"

그러면서 아주 옛날, 야생고양이였던 우리를 애완묘로 받아들였던 이집트, 중동 사람들은 왕이나 귀족이어야 우리를 키울 수 있었다고 했다. 처음부터 떠받들어져 살았으니 인간이 자처해서 집사가 되었다는 말이었다. 더구나 우린 길냥이니 야생의 성질을 버려서는 안 된다고 당부했다.

그러고 보니 우리 중에는 사료를 받아먹으면서도 집사의 손을 할퀴는 녀석도 있었고, 집사가 소리를 지르기도 했다. 나참, 그게 뭐라고. 집사면 어떻고 주인이면 어떻다는 건지. 난 천성이 밝고 느긋해서인지 그런 기 싸움에는 휘말리고 싶지 않았다.

한 집에서 밥 먹는 사이면 보통 인연인가. 해서 나는 내 어미나 형제들처럼 밥만 먹고 가버리는 '먹튀' 짓은 하지 않기로 했다. 여자가 밥을 주지 않으면 먼저 배고프다고 약간 애처롭게 우는 시늉을 했다. 그러자 그쪽에서도 깜빡해서 미안하다면서 사료를 듬뿍 퍼주었다. 집주인 남자가 퇴근하는 자동차 소리가 나면 대문 밖에서 기다렸다가 같이 들어왔다. 꼬리를 잡는 건 기분 나쁘지만 내색하지 않았다. 남자도 야식으로 사료를 퍼 주었다. 딸에게는 창문에 바짝 머리를 대주고 아들에게는 사진을 찍도록 포즈를 취해 주었다. 딸도 아들도 물그릇을 채워 주었다.

그러면서 알았다. 그들이 고양이를 좋아하는 이유를.

가장인 남자는 매인 데 없이 사는 우리의 자유가 부러운 것 같았다. 여자는 다른 고양이가 낳은 새끼에게도 젖을 먹이다가 젖꼭지에서 피가 나는 어미를 보고 혀를 찼다. 직장에서 스트레스를 받는 딸은 굽히지 않고 도도한 우리를 멋지다고 평했다. 아직 여자 친구가 없는 아들은 정을 줄 누군가가 필요해 보였다.

그러므로 우리는 존재하는 것만으로도 사람을 길들일 수 있다. 또한 길들여진다.

'길들인다는 것은 관계를 맺는다는 것'이라는 말을 해서 유명해진 생텍쥐페리라는 작가가 있다지? 그런 말을 일부러 찾아내기도 전부터 길들임은 이미 있어 왔다는 것을 내가 언제부터 알고 있었더라?

세상 하나뿐인

❀

3년 전 여름, 한 마리 새끼고양이가 우연히 내 손에 들어왔다. 어미가 마당에 버리고 간 갓 태어난 고양이였다. 한 줌도 안 되는 새끼가 풀섶의 가시넝쿨에 친친 감겨 있었다. 이중으로 닫은 창문 안에서 텔레비전 화면에 정신을 팔고 있는 내 귀에 들릴 때까지 녀석은 가냘픈 소리로 온힘을 다해 SOS 신호를 보냈다.

탁구공보다 조금 큰 검정 털 뭉치. 첫 인상이 그랬다. 넝쿨이나 떼어내고 목이라도 축여서 제자리에 놓아주려고 했는데, 분홍색 배에 달린 탯줄이 눈에 들어왔다. 우리 손으로 탯줄을 끊어준 순간부터 녀석은 보낼 수 없는 존재가 되고 말았다.

두세 시간 간격으로 우유 먹이기, 트림시키기, 배변 돕기…. 밤잠을 설쳐가며 보살피다 보니 30여 년 전의 육아 본능이 살아났다. 종이상자에 핫팩을 깔고 무릎담요를 덮어 잠자리를 마련했다. 눈도 못 뜬 100g 남짓한 신생아가 걱정돼서 모든 약속을 깼다. 꼭 필요한 외출은 세 시간 안에 마치고 서둘러 달려 왔다.

그러는 동안 내 감정의 8할 이상이 애처로움, 연민으로 가득 차는 것을 느꼈다. 손길을 거두면 하루도 살 수 없는 연약한 목숨은, 저를 중심으로 살게끔 내 생활 괘도를 바꿔놓았다.

사람은 쉽게 변하지 않는다지만 나는 맥없이 쉽게 변했다. 십 년 가까이 마당에 드나든 길고양이가 수십 마리였어도 일정 거리를 두었는데, 한순간에 넘어 갔으니…. 약한 존재가 생존할 수 있는 것은 '귀여움'이 유일한 무기라는데, 과연 맞는 말이다. 아기나 강아지, 새끼고양이들이 귀여움을 빼면 저들이 할 수 있는 게 하나나 있을까. 그런데도 우리는 그 앞에서 절절 매지 않는가 말이다.

나만 그런 게 아니다. 우리 가족은 고양이를 가운데 두고 자주 모였고, 전보다 많은 시간을 함께 보냈다. 공통 주제가 있으니 사이가 더 끈끈해졌다. 녀석이 확실히 살 것이라는 믿음이 생기자 '카누'라고 이름을 지었다. 일회용 블랙커피를 타다가 무심코 붙인 이름인데, 자랄수록 허리가 길어지더니 수상경기에서 보는 카누처럼 늘씬해졌다.

이름을 자주 불러주어서인지 녀석은 폭풍성장하기 시작했다. 윤기가 흐르는 까만 등, 배와 발목의 눈부신 흰 털, 건강하게 뻗은 꼬리. '똥꼬발랄'한 시기를 맞자 집 안은 난장판이 되었다. 두루마리 휴지가 성한 게 없는 건 사고 축에도 끼지 않았다. 발톱으로 소파를 긁고 싱크대나 식탁에 올라가는 것은 몸 풀기, 책장 꼭대기에 올라가 내려다보기는 취미였다. 거실이 캣 타워, 스크래치, 장난감으로 채워지고 녀석이 가족 중 가장 넓은 공간을 차지했다. 녀석은 아무리 사고를 쳐도 귀여운 몸짓 한번이면 우리가 백기를 든다는 걸 알고 있었다. 유연하게 고양이 요가를 선보이거나 다가와 몸을 비비는 것으로 우리를 웃게 했다.

하루 중 잠자는 시간이 대부분인 고양이를 키우다 보니 나도 잠이 늘었다. 고양이가 들어온 첫 겨울엔 그렇게 잠이 쏟아질 수가 없었다. 창밖엔 눈이 소복소복 내리고, 무릎 위에서 고양이가 고른 숨을 쉬며 자고 있고, 그걸 내려다보다가 모로 쓰러지면 눈송이가 앉듯 잠이 눈썹 위로 내렸다. 잠을 자는 동안 세상을 향해 세웠던 날이 무뎌지고 마음을 볶았던 일들이 시나브로 가라앉았다. 젊은 엄마 시절, 아이를 데리고 시장통을 누비면서 살았던 꿈도 자주 꾸었다. 그땐 초라한 삶이라고 생각했는데 아니라고, 잘살았던 거라고 다독이는 게 나인지, 고양이가 가릉대는 소리인지….

거위는 태어나서 처음 본 존재를 어미로 생각한다더니, 고양이도 내가 제 어미인 양 곁을 떠나지 않았다. 가끔 컴퓨터 자판을 밟고 지나가 기껏 써놓은 것을 지워버리기도 하지만, 의자에 앉으면 따끈한 등받이가 되어 주기도 했다. 그럴 때면, '다시 쓰는 게 낫다고 알아서 지워주네', '의자까지 덥혀주는 효녀냥이야' 하면서 고양이를 두둔할 만큼 나는 달라졌다.

언젠가 속상한 일로 종일 굶고 누워 있을 때였다. 녀석도 옆에서 한 발자국도 움직이지 않고 같이 굶더니 하루 새 몸무게가 200g이나 줄었다. 5kg에서 그만큼 줄었으면 저도 꽤 허기졌을 게다. 내가 식탁에 앉자 그제야 제 밥그릇에 코를 박고 맹렬히 먹는 녀석. 제가 할 수 있는 최선의 위로를 온몸으로 보여준 녀석이었다. 우린 어느새 관계를 맺은 사이가 되었다. 관계를 맺으면 수많은 장미가 있어도 내가 보살핀 장미는 세상에 하나라는 어린 왕자의 말처럼 카누라는 이름을 지어준 고양이도 역시 세상 하나뿐인 존재가 되었다.

이 작은 존재는 그저 있다는 사실 하나만으로 위안이 되고 기쁨을 주었다. 그러자 세상을 보는 눈이 달라졌다. 어미 고양이들이 제가 낳지 않는 새끼들도 젖을 물리며 공동육아를 한다는 것을 알게 되었다. 죽어가는 새끼를 살리려고 혀가 마르도록 핥는 어미도 보았다. 동물에 관한 프로그램을 보는 시간이 점점 늘었다. 유기견, 강아지 공장, 동물 학대 같은 장면을 보면 사람인 게 부끄러웠다. 인류애보다는 생명애로 의식이 바뀌어야 한다는 생각이 점점 더 커져갔다. 인간은 어떤 생명에게도 주인도, 지배자도 될 수 없다는….

고양이가 온 후로 여행을 간 적이 없었는데, 지난가을 아주 긴 여행 계획을 세웠다. 남편의 퇴직을 맞아 '제주도에서 일 년 살기'를 하기로 했다. 떠날 때 가장 먼저 챙긴 것이 캣타워였다. 역시나 고양이 살림이 만만치 않았다. 집 밖으로 나간 적 없는 녀석이 비행기까지 타다니. 이만하면 인생은, 아니 묘생은 알 수 없는 게 아닌가. 죽을 뻔한 목숨을 건지고, 안전한 곳에서 안락하게 사는 것도 모자라 남들이 부러워하는 제주도에서 살기까지. 그러나 새로운 생활에 가슴 부푼 건 사람일 뿐, 고양이에겐 제 알 바 아니었다. 산책을 즐기는 것도 아니고 집 안이 영역의 전부인 고양이로서는 낯설고 성가신 이동에 불과할 뿐.

그래도 나는 고양이에게 생색을 낸다. 세상 어떤 고양이가 비행기를 타보고 바다 구경을 하겠냐며. 그러자 녀석이 우아하게 걸어와서는 내 발목을 살며시 문다. 고맙다는 인사가 아니다. 헛소리 그만 하고 밥그릇이나 채우란다.

오늘로 1,070일을 맞이한 고양이의 당당한 요구다.